共和国的历程

稳定战线

志愿军发起第五次战役

周广双　编写

蓝 天 出 版 社　吉林出版集团有限责任公司

图书在版编目（CIP）数据

稳定战线：志愿军发起第五次战役 / 周广双编写.
—北京 ：蓝天出版社，2014. 1（2023.3重印）
（共和国的历程）
ISBN 978-7-5094-1089-9

Ⅰ. ①稳… Ⅱ. ①周… Ⅲ. ①革命故事－作品集－中国－当代 Ⅳ. ①I247. 8

中国版本图书馆 CIP 数据核字（2013）第 305473 号

稳定战线——志愿军发起第五次战役
编　　写：周广双
策　　划：金永吉　荆忠峰
责任编辑：祖　航　梅广才
出版发行：蓝天出版社　吉林出版集团有限责任公司
地　　址：北京市复兴路 14 号
邮　　编：100843
电　　话：010—66983715
经　　销：全国新华书店
印　　刷：北京柏玉景印刷制品有限公司
开　　本：710mm×1000mm　1/16
字　　数：69 千
印　　张：8
版　　次：2014 年 4 月第 1 版
印　　次：2023 年 3 月第 3 次
定　　价：29.80 元

前　　言

中华人民共和国自1949年10月1日成立以来，已走过了六十多年的风雨历程。历史是一面镜子，我们可以从多视角、多侧面对其进行解读。然而有一点是可以肯定的，那就是，半个多世纪以来，在中国共产党的领导下，中国的政治、经济、军事、外交、文化、教育、科技、社会、民生等领域，都发生了深刻的变化，中国人民站起来了，中华民族已屹立于世界民族之林。

这段时间放到整个历史长河中是短暂的，有如弹指一挥间，但它带给中国的却是极不平凡的。六十多年里神州大地经历了沧桑巨变。从开国大典到60年国庆盛典，从经济战线上的三大战役到经济总量居世界前列，从对农业、手工业、资本主义工商业的三大改造到社会主义市场经济体制的基本确立，从宜将剩勇追穷寇到建立了强大的国防军，从废除一切不平等条约到独立自主的和平外交政策，从“双百”方针到体制改革后的文化事业欣欣向荣，从扫除文盲到实施科教兴国战略建设新型国家，从翻身解放到实现小康社会，凡此种种，中国人民在每个领域无不留下发展的足迹，写就不朽的诗篇。

六十几年在历史的长河中犹如沧海一粟，但对身处其间的个人却是并非无足轻重的。其间究竟发生了些什么，怎样发生的，过程怎样，结果如何，非人人都清楚知道的。对此，亲身经历者或可鲜活如昨，但对后来者却可能只是一个概念，对某段历史的记忆影像或不存在或是模糊的。基于此，为了让年轻人，特别是青少年永远铭记共和国这段不朽的历史，我们推出了这套《共和国的历程》。

《共和国的历程》虽为故事形式，但与戏说无关，我们是想借助通俗、富于感染力的文字记录这段历史。这套丛书汇集了在共和国历史上具有深刻影响的重大历史事件。在丛书的谋篇布局上，我们尽量选取各个时代具有代表性的或深具普遍意义的若干事件加以叙述，使其能反映共和国发展的全景和脉络。为了使题目的设置不至于因大而空，我们着眼于每一重大历史事件的缘起、过程、结局、时间、地点、人物等，抓住点滴和些许小事，力求通透。

历史是复杂的，事态的发展因素也是多方面的。由于叙述者的视角、文化构成不同，对事件的认知或有不足，但这不会影响我们对整个历史事件的判断和思考，至于它能否清晰地表达出我们编辑这套书的本意，那只能交给读者去评判了。

这套丛书可谓是一部书写红色记忆的读物，它对于了解共和国的历史、中国共产党的英明领导和中国人民的伟大实践都是不可或缺的。同时，这套丛书又是一套普及性读物，既针对重点阅读人群，也适宜在全民中推广。相信它必将在我国开展的全民阅读活动中发挥大的作用，成为装备中小学图书馆、农家书屋、社区书屋、机关及企事业单位职工图书室、连队图书室等的重点选择对象。

编　者

2014 年 1 月

目录

目录

一、 西线突击

- 三排在排长牺牲、副排长腿被炸断的情况下，各班互相配合，密切协同，首先插入敌人纵深。

- 志愿军战士冒着敌人的炮火，跳到齐腰深的水中，向对岸冲去……

- 占领道峰山的志愿军指战员发扬了大无畏的革命精神，挖掩体，跳弹坑，巧妙地躲避着敌人的炮袭。

第五次战役全面打响

1951年4月22日的黄昏，残阳如血。

在朝鲜，从北汉江西南面的名胜洞，沿仓平、上实乃里一直向东，经间村、葛岘洞、赤巨里，再经三串里、元等里、德寺里，直到泰斗洞及其以西的地区，几乎在同一时间，发出了震耳欲聋的枪炮声和喊杀声。

抗美援朝第五次战役正式打响了。

这次战役对志愿军方面来讲，是经过周密部署的。

抗美援朝战争第四次战役结束前，志愿军新入朝部队就于4月16日全部到达集结位置。

此时，中国人民志愿军在朝鲜共有14个军，除第三十八军、第四十二军及新入朝的第四十七军在后方休整及担任抢修机场等任务外，正面战场有3个兵团共11个军。

第十九兵团辖第六十三军、第六十四军、第六十五军，除一部担任一线防御外，分别集结于市边里、金川、新溪地区。

第三兵团辖第十二军、第十五军、第六十军，除一部担任一线防御外，分别集结于伊川、安峡、晓星洞地区。

第九兵团辖第二十军、第二十六军、第二十七军，并指挥新入朝的第三十九军、第四十军，其中第二十六军、第四十军、第三十九军担任一线防御，第二十军、第二十七军分别集结于淮阳、平康地区。

这些部队经过政治思想教育和祖国第一批赴朝慰问团的鼓舞，斗志很旺。

但是，新入朝的部队对敌人情况、地形等均不熟悉，另外，经过长途徒步行军，体力也还没有恢复。

第三十九军、第四十军，经过几次战役作战，减员很大，十分疲劳，还没有进行休整补充。

志愿军的战地物资储备有限，随着部队增多，后勤保障更为困难。“三八线”附近地区因频繁作战已成为无粮区，难以就地筹粮，形势不容乐观。

此时，种种迹象表明，敌人有在中朝军队侧翼实施登陆的企图。为粉碎其登陆企图，避免两面作战，志愿军总部决定提前于4月22日发起第五次战役。

第五次战役的基本目标是：

以3个兵团共12个军，含朝鲜人民军第一军团，在西线实施主要突击，第三兵团居中，从正面突击，第九兵团、第十九兵团分别从左、右两翼实施战役迂回，以分割歼灭汉江以北、汉江以西美军3个师，即第三师、第二十四师、第二十五师，英、土耳其军3个旅，即英第二十七旅、第二十九旅、土耳其旅和南朝鲜军2

个师，即第一师、第六师。

具体部署是：

第十九兵团指挥第六十三军、第六十四军、第六十五军及朝鲜人民军第一军团为右翼突击集团。

以一个军首先扫除临津江以西的“联合国军”，随即在葛岘洞至元等里31公里地段上突破临津江。第六十三军、第六十五军首先歼灭英军第二十九旅，然后向东豆川里、抱川方向实施主要突击，协同第三兵团和第九兵团会歼美军第二十四师、第二十五师。

第六十四军迅速向议政府（地名）实施战役迂回，截断敌人退路，阻击敌人增援部队，获得胜利后，以一部向汉城推进，并相机占领。朝鲜人民军第一军团首先歼灭开城、汶山地区的“联合国军”，然后向高阳、汉城实施突击，占领后担任汉城的守备任务。

第三兵团指挥第十二军、第十五军、第六十军为中央突击集团，在三串里至新兴洞15公里地段上进行突破，首先歼灭美军第三师、土耳其旅，然后协同第十九兵团、第九兵团主力在永平、抱川地区围歼美军第二十四师、第二十五师。

第九兵团指挥第二十军、第二十六军、第二十七军、第三十九军、第四十军为左翼突击集团。

第二十军、第二十六军、第二十七军在古南山至伏主山27公里地段上突破，向万世桥里及机山里、抱川方向实施主要突击。首先歼灭美军第二十四师、南朝鲜军第六师各一部，然后协同第十九兵团、第三兵团会歼美军第二十四师、第二十五师。

第四十军在上实乃里至下万山洞6公里地段上突破，向加平方向突击，切断春川至加平公路，割裂东西线"联合国军"多国部队的联系，并以一部前出到华川、春川间地区切断敌人退路，配合第三十九军歼灭逃跑的"联合国军"和阻击敌人的援军。

第三十九军以一部兵力于华川以北钳制美军，主力向论味里、元川里方向实施突击，钳制美军陆战队第一师、美骑兵第一师，使之不得西援，保障战役主要突击方向的左翼安全。

朝鲜人民军第三军团、第五军团，以一部兵力于杨口以北地区钳制美军第二师、第七师，主力从榆木洞至牛卧里地段突破，向南朝鲜军第三师、第五师接合部西湖里、麟蹄地区实施突击，获得胜利后向平昌、江陵方向发起进攻。

战役发起的前一天，彭德怀又根据战场情况，对作战部署进行了部分调整：

十九兵团指挥所属各军及人民军第一军团，配属炮八师三十一团，为右翼突击集团。

三兵团指挥所属各军，配属炮二师二十八、二十九团，防坦克歼击炮兵四〇三团，为中央突击集团。

九兵团指挥所属各军及三十九、四十军，配属炮一

师5个营，炮二师1个营，防坦克歼击炮兵四〇一团，为左翼突击集团。

以四十军一部兵力从金化至加平线劈开战役缺口，将敌人东西割裂，切断敌人东西增援；与此同时，以三兵团由正面突击，九兵团和十九兵团分从两翼突击并实施战役迂回，形成一把张开口的巨钳。

接下来集中兵力歼灭南朝鲜一师、英二十九旅、美三师、土耳其旅、南朝鲜六师，然后再集中力量会歼美二十四、二十五师。

另以四十二军位于元山、阳德地区，三十八军位于肃川，四十七军位于平壤，人民军第二军团位于淮阳、华川地区，第六军团主力位于沙里院、载宁地区，准备待“联合国军”登陆后再进行消灭。

与前4次战役相比，彭德怀对于第五次战役的部署，无论是投放的兵力、战线的幅度，都比预想的要大得多。

这是一个了不起的、振奋人心的部署！

在全线反击开始后，西线迅速展开了一个兵团从正面突击、两个兵团从两翼突击并实施战役迂回、分割围歼当面“联合国军”的大行动。

割断敌军联系

1951年4月22日，十九兵团投入了入朝以来的第一大仗。

作为全军的右翼突击集团，十九兵团的具体部署是：

> 六十三军担任左翼突击，六十四军担任中央突击，人民军第一军团为右翼突击，这是第一梯队；六十五军为第二梯队，炮八师三十一团负责掩护。
>
> 突破临津江之后，六十四军在我对面英二十九旅与美三师的结合部穿插过去，割断其联系，直捣议政府（地名），实施战役迂回。首先歼灭英二十九旅、南朝鲜一师，再协同中央、左翼突击集团围歼美二十四、二十五师。

一切部署完毕之后，22日黄昏，各部经过急行军进至临津江北岸30余公里一线各预定集结点。

临津江是朝鲜中部的一条大江。江面宽百米左右，由于受海潮的影响，江水时深时浅，涨潮时水深齐岸，落潮时水深也有一米以上。

江南岸是连绵的群山，绀岳山、磨义山、道乐山是

主要制高点。

敌人依托有利地形构筑了坚固的防御体系，堑壕、交通壕、地堡、铁丝网、地雷布满了大小山头，并以主力防守江南第一线高地及纵深诸要点。

江面架有坦克浮桥一座，沟通临津江南北，江中布有铁蒺藜。

除此之外，敌炮兵火力可控制江面和江北诸要点及通路。因此，要突破临津江是相当困难的。

十九兵团指挥所设在紧靠第一梯队的一个掩蔽部里。掩蔽部极矮，地图都挂不起来。志愿军就是在这样的情况下，打响了突破临津江的第一炮。

两岸的炮火织成了密集的火网，片刻之间，成群的“联合国军”飞机涌入江面上空，黑压压的炮弹像乌云一般压了下来。

江岸是飞扬的尘土、石块和烟雾；江中是林立的水柱；对岸，敌人轻重机枪疯狂地封锁着桥梁、渡口、徒涉点。但他们不可能封锁住众多的突击点。

志愿军战士冒着敌人的炮火，跳到齐腰深的水中，向对岸冲去……

不久，报话机里传来了前边部队的报告：六十三军第一梯队一八七师 4 个团已经胜利过江，并已接近敌人警戒部队。

此时，十九兵团司令员杨得志看了看表，从发起攻击到现在仅一个多小时。这速度不但令敌人感到惊奇，连志愿军自己也感到意外，实在是太快了。

杨得志立即通电嘉奖他们，同时要他们发展胜利，扫除敌人警戒，抢占制高点，向敌人纵深发展！

一八七师之所以能迅速过江，主要是采用了白天从集结地进入江岸突击点埋伏起来的办法。

守卫临津江的“联合国军”凭借坚固的防御工事，不断地进行飞机侦察，他们绝没想到志愿军敢在白天接近江岸。

一八七师恰恰利用了这一点，严格伪装，采取多路纵队，拉开距离，沿山间小路，抵近江岸。并且作了突击不成便强攻的打算，结果突袭成功。这不仅大大缩短了渡江时间，而且给其他部队很大的鼓舞。

志愿军左右翼突击部队展开渡江时，敌人的炮火更加密集，敌人飞机也在疯狂地轰炸，照明弹、探照灯照得江面如白昼一般，加之水底的铁丝网和地雷，志愿军的伤亡还是很严重的。

但是，志愿军战士早已将个人的生死置之度外。志愿军炮兵加强火力压制敌人的炮火，高射机枪集中火力对付敌人的飞机。江水中的指战员前仆后继，踊跃渡江。

午夜，由于海水涨潮，江水猛增，志愿军小部被阻江北，直到23日拂晓，海潮跌落，我右翼突击集团才全部突破临津江。

六十三军过江之后，继续向敌人纵深开进。

他们相继夺取了敌军 4 个高地，穿越 30 公里崎岖山路，粉碎敌人 10 多次阻击，拿下了绀岳山，控制了江南第一制高点，割裂了英第二十九旅与美三师的联系。

六十四军渡江攻占了长坡里、高士洞一线后，遇到了美一军坦克群的陆地封锁和航空兵空中大面积轰炸的疯狂阻击，行动非常困难，进展异常缓慢。

特别是担任穿插分割任务的两个师，被敌人紧紧地缠住，脱不得身，有影响整个战役进程的危险。

接到这一报告，杨得志和副司令郑维山、副参谋长康博缨商量了一下，立即直接与六十四军军长曾思玉通话。告诉他兵团派第二梯队六十五军的两个师去增援，要他以大部分部队钳制敌军，一部分部队迅速突破向纵深穿插，一定要完成志愿军司令部赋予的分割迂回任务。

协同六十四军担任穿插任务的兵团侦察支队和六十四军五六九团三营在正面攻击的同时，勇猛地向敌军后方突进。

这两支部队 20 小时打垮敌人 7 次阻击，前进 60 公里，占领了通向汉城的交通要道——议政府附近的制高点道峰山，炸毁了山下公路的铁桥，切断了敌人的退路。

敌人为了援助被志愿军切断退路的英军，疯狂地向道峰山进行炮袭。

据后来的报告，开始的一天，道峰山上落弹不下数千发，山腰上炮弹坑套着炮弹坑，碗口粗的柏树像高粱秆一样被炮弹炸断。

但是占领道峰山的志愿军指战员发扬了大无畏的革命精神，挖掩体，跳弹坑，巧妙地躲避着敌人的炮袭，并监视着山下的“联合国军”，他们还在夜间派出小分队去袭击敌人。

志愿军像插入敌人心脏的钢刀，在道峰山坚持战斗3天4夜，打乱了敌人的纵深防御。后来，志愿军司令部分别授予他们道峰山营、道峰山支队的光荣称号。

至此，第十九兵团在突破临津江之后，割断英二十九旅与美三师联系的任务基本完成。

全歼皇家营

24 日拂晓，围歼雪马里英军的战斗打响了。担任主攻任务的志愿军五六〇团第二营及三营九连冒着敌人 10 架飞机和密集炮火的轰击，以迅速隐蔽的行动接近敌人，向雪马里东北 314 高地和以西的无名高地发起突然攻击。

在营长盖东元、教导员宋万平指挥下，以五连从左迂回、四连从右侧直插的战术，攻占了雪马里东北 314 高地。

同时，六连在连长杜国平、指导员韩顺通的带领下，向雪马里西北无名高地攻击。英军固守顽抗，该连 4 次突击均未奏效，遂以三排迂回到英军右侧，协同主力攻击。

三排在排长牺牲、副排长腿被炸断的情况下，各班互相配合，密切协同，首先插入敌军纵深，打乱了敌军的防御，配合连主力，占领了雪马里以西无名高地。

在战斗中，三排七班战士沙德喜一直冲锋在前，连续打掉了敌人两个火力点，最后不幸负重伤倒下。

其弟沙德广见哥哥倒下，抱起一箱手榴弹，在战友掩护下，冲到距敌前沿 20 米处，连续向敌人投出了 20 多枚手榴弹，炸得敌人血肉横飞，后不幸被敌人机枪击中，壮烈牺牲。

五连发起攻击后，英军负隅顽抗，我军连续 8 次冲击未能成功，伤亡较大。

在这之后，二营九连在五连左翼加入战斗，同时令六连一排从五连右翼向314高地进攻。

英军在两面攻击下稍有动摇，二营乘机突入敌人阵地，激战30分钟以后，攻占了雪马里前沿314高地和以西的无名高地。

与此同时，志愿军五六〇团第一营从雪马里侧后发起攻击。

“格洛斯特营”遭志愿军前后两面夹击，终于支持不住，便在纵深炮火及335高地英军的掩护下，于24日早上趁大雾仓皇向南溃退。

“格洛斯特营”逃至雪马里南侧2954高地时，遭到志愿军五六〇团一营的痛击，又掉头回窜。

一营以一连、三连各一个排向敌人发起勇猛追击，俘英军60余人。其余英军退回雪马里。

英军二十九旅得知“格洛斯特营”被围，十分焦急，一面令其固守待援，令航空兵空投食品和作战器材，一面出动地面部队救援接应。

“格洛斯特营”是英军“皇家陆军双徽营”，是一支老牌部队，也是一支王牌部队。在1810年远征埃及时，“格洛斯特营”立下了赫赫战功。为了表彰该营，英皇特许这个营的官兵佩戴两个帽徽。“格洛斯特营”的武器装备也是一流的。

因此，“格洛斯特营”被围，使得英美方面都很着

急，他们先后派了几支部队前去增援。

第一支救援雪马里英军的队伍是归英军二十九旅所属的菲律宾第十营，他们在10架飞机、20多辆坦克的掩护下，向雪马里开进，企图营救被困之敌。

志愿军五六一团三营在半路对菲律宾第十营进行阻击，敌军坦克全部瘫痪在狭长险要的公路上，敌军的步兵失去坦克的掩护，溃散而逃。志愿军果断出击，歼灭敌军一部，缴获坦克18辆，汽车10多辆。

雪马里英军的第二支救援力量是美军第三师组成的救援队，这支救援队包括第六十五团两个营及配属的第六十四坦克营和第十野战炮兵营。

由20多辆坦克组成的先头部队，在10多架飞机的掩护下，刚走出不远就遭到志愿军第一八九师五六五团阻击。

志愿军战士们在战斗中，把一束束手榴弹、成捆的炸药包扔到美军坦克上，敌军的许多坦克立即变成了一堆废铁。美军第六十五团费尽了九牛二虎之力，也不能再前进一步了。

下午，南朝鲜军第一师第十二团再次向雪马里增援。志愿军五六一团三营凭借有利地形，炸毁敌军汽车，打击敌军步兵，然后以反坦克小组从侧后攻击敌军坦克。敌军坦克见势不妙，倒车后撤，结果汽车与坦克、坦克与坦克互相挤压，乱成一团。

“格洛斯特营”危在旦夕。英二十九旅不顾增援部队的伤亡，以数十门大炮猛烈地向双方短兵相接的阵地轰击，同时命令其后续部队轮番冲击。

五六一团三营打退了敌人数次进攻。三营八连六班守卫的无名高地，是敌人每次进攻的必经之地。他们连续击退了敌人的7次冲锋，击毁敌人汽车、坦克各1辆。

最后，阵地上只剩下副班长杜根德一人，他用手榴弹、爆破筒等武器打退了敌人的5次进攻，毙伤敌军30人，坚守阵地5个多小时。

五六一团三营的顽强抵抗，使得敌人接应救援部队离雪马里被困的“格洛斯特营”虽然只有2.5公里，却不能会合。“格洛斯特营”丝毫没有摆脱困境。

英军从雪马里以南土桥场方向接应连遭失败后，立即改变方向，从西面朝鲜人民军战区向东横向攻击，企图从西面接应“格洛斯特营”。

25日拂晓，英军以8辆坦克夹护着6辆满载着步兵的汽车，由神岩里西北侧向雪马里增援。

志愿军五五九团九连迎头痛击，将英军5辆坦克、6辆汽车击毁，全歼援敌100余人，保障了五六〇团全歼雪马里之英军。

在志愿军外围部队打援的同时，担任主攻雪马里任务的五六〇团已攻占了雪马里四周的几个阵地，将英军压缩包围于235高地。

25日8时，五六〇团向“格洛斯特营”主阵地发起攻击，一举攻占了主峰，全歼守敌。

这一战，志愿军歼灭二十九旅“格洛斯特营”和一个炮兵连、一个重坦克连，击毙英军中校营长以下官兵129名，俘获副营长以下官兵459名。

一个叫刘光子的战士竟然一人俘虏了63名英军，被授予“孤胆英雄”称号。

1000多人的“格洛斯特营”只逃出39人，营长卡恩也被俘虏，“格洛斯特营”全军覆没。

此外，志愿军还缴获火炮20门、坦克18辆、汽车48辆和一批其他军用物资。

血战九陵山

1951年4月23日2时，一八一师拿下地藏峰，彻底切断了美二十五师与土耳其旅的联系。

25日和26日，六十军越过“三八线”进入南朝鲜，紧追逃敌，很快占领了三省堂、乌项等地区。

一个军在只有7公里宽的路上追击进攻，队形密集，而且建制交叉，其拥挤局面是可想而知的，尽管这是乘胜追击。

上级派来的顾问肖剑飞说：“敌人机械化部队，逃跑速度极快。”由此导致志愿军炮兵、后勤补给、医院救治、指挥系统紧赶慢赶才勉强跟上攻击部队。

4月27日上午，三兵团命令六十军一部兵力于4月28日4时前插向二东桥里，协同十二军合围歼灭“联合国军”。

军长韦杰和政委袁子钦接到命令后，立即让一七九师执行任务。

一七九师师长王仕宏、政委张向善碰头后，决定副师长张国斌率五三七团为先头部队，师部率五三六团和五三五团快速跟进。

中午时分，一七九师的命令刚下达完毕，天公不作美，倾盆大雨直泻而下。部队只好冒雨前进，从师长、

政委到每个战士，全身都湿透了。

一七九师冒雨急行军，终于在4月28日4时进占二东桥里，但敌人早已逃走了。

白忙活了一天，一个敌人也没打着，部队却已经疲惫不堪了。

时间就是生命，时间就是胜利！

兵团副司令员王近山决心继续追击。

六十军军长韦杰再次下达命令："一七九师继续前进，抢占九陵山，威逼汉城。"

一七九师指战员们将队形稍作调整，再次冒雨上路。

张国斌副师长仍率五三七团打头，师基本指挥所率五三六团居中，参谋长姚晓程率师后方指挥所与五三五团殿后，并快速跟进。

在泥泞的小道上，一支部队向九陵山方向冒雨行进着……

等待他们的是什么？他们自己心里也没有底。

为什么指战员们在如此疲惫的状态下，还要抢占九陵山呢？这是由九陵山的战略位置决定的。

九陵山位于汉城东北约10公里处，南濒汉江，有纵横三条铁路绕山而过，一条自北向南的公路直达汉城。

如今，"联合国军"在志愿军的强有力的打击下，九陵山成了掩护汉城的最后一道屏障。

所以，兵团不顾指战员们的疲惫，命令他们全力以赴抢占九陵山。

战争是残酷的，胜利在望时，不能让敌人有喘口气的时间。

对于朝鲜战争，毛泽东曾形象地说过：

> 白天是敌人的天下，夜晚是我们的天下。

因为志愿军没有制空权，白天多半是“联合国军”向志愿军进攻，只有到了夜间，志愿军才能向“联合国军”进攻。这就是当时的战争常态。

一七九师接到继续前进，抢占九陵山的命令后，部队从二东桥里出发，这时，天已经放亮了。也就是说，白天来了。

白天意味着是“联合国军”的天下！一般情况下，这个时候，志愿军部队都会停止行动。

但是，率领先头部队的副师长张国斌和先头团的团长兰伯庄、政委彭勃分析研究认为，要追歼溃逃的“联合国军”，必须争取时间。

现在尽管天亮了，有可能遭受敌军飞机的袭击。可是天上的云层比较厚，不利于飞机行动，即使有飞机临空，伪装到位，疏散及时，损失也是会减少的。因此，他们决定白天继续前进，追上逃敌。

经过请示，并得到友邻部队的响应。一七九师五三七团按照规定的目的地继续前进，五三六团和五三五团依次跟进。

13时许，意外发生了，左右友邻部队突然停止前进，有的开始回撤。

大兵团作战，互相间的行动十分重要。如今部队停下来不追了，这表示情况有了变化。可是，一七九师没有接到停止前进和撤回的命令，怎么办？

先头部队五三七团指挥所向张副师长请示：

“怎么办？怎么办？没有上级命令，爬也要爬到指定位置！”张副师长坚定地说，“各有各的任务，我们没有接到命令以前要坚决前进！”

张副师长的话，代表师领导的意志，坚决执行命令，绝不含糊。

实际上，情况确实变化了。志愿军总部已经下达了停止进攻的命令。

一七九师师长王仕宏也接到了这份命令电报。可是，还未等王师长看完电报，敌军飞机临空，师指挥所被炸。王师长和政治部主任宋佩璋身负重伤。政委张向善一面组织救护，一面派通信员通知五三七团回撤。

在朝鲜战场上，志愿军的通信手段是十分落后的，许多任务都是派参谋人员或侦察员去传达。有时出现第一批传达命令的人员还没有回来，传达第二个、第三个命令的人员又要出发了，如此一来，便搞得指挥员对作战企图弄不清楚，搞得部队十分疲劳。

五三七团之所以没有接到回撤命令，就是通信手段落后落下的祸根。政委张向善派出两批送信人员下达五三七团回撤的命令，但因送信人员中途都牺牲了，导致副师长张国斌没有接到回撤命令，硬着头皮执行原先的进攻命令。

五三七团在其他部队回撤的时候，仍继续前进，而且在本师居中的五三六团和殿后的五三五团全线停止前进的情况下，五三七团仍在继续前进。

志愿军部队，视命令高于一切，不惜用生命去执行命令。

前进中的五三七团，发现道路两侧到处都是遗弃的物资，东倒西歪的坦克、汽车、大炮，有些发动机还在冒热气。

张副师长和团长兰伯庄判断，敌人刚撤不久，便命令部队不顾疲劳，加速前进。

4 月 29 日凌晨 3 时，五三七团到达九陵山。

山上的“联合国军”开始转入防御了。

山下不远处汉城的灯光隐约可见。在睡梦中的汉城百姓们哪里知道，这里马上就要发生一场残酷的血战！

最终，汉城的百姓们在睡梦中被密集的枪炮声惊醒了。富足一点的民众，开始携妻带女连夜向南逃离。因为战火是无情的。

副师长张国斌此时想到的，不是战火无情的问题，而是天明前必须拿下九陵山。因为，白天是敌人的天下，只有夜晚才是志愿军的天下。

五三七团团长兰伯庄、政委彭勃命令一营执行进攻

任务。二连连长秦宗荣率全连向92.6高地东北侧山勇猛冲击，迅速冲上高地，与美二十五师一个连扭打在一起。你中有我，我中有你。美军的炮火起不了作用。没有炮火装甲的助威，美军哪里是志愿军的对手。二连的指导员也与美军士兵展开了白刃格斗，三下五除二，美军一个连很快就报销了。

一连连长栗振华和指导员李宗安，率全连从北侧冲上高地，与土耳其旅的30名士兵相遇，也很快解决了问题。一营顺利地占领了九陵山一隅。

九陵山是汉城的屏障，要是丢失了，那还了得。

美军迅速作出了反应，不管九陵山上还有没有自己的士兵，他们的炮弹犹如暴雨般倾泻到了九陵山上。

五三七团伤亡很大。

天将拂晓了。张国斌和兰伯庄、彭勃研究，继续进攻已不利自己了，还是暂停攻击，构筑工事，调整兵力火力。

这样，一是为白天抗击做准备，二是等候后继部队增援！

一营、二营、三营接到从进攻转为防御的命令后，开始各自占领有利地形，构筑工事，做好抗击“联合国军”的进攻准备。

天亮后，老天爷似乎长错了眼睛，连太阳都出来了，可以说是光芒四射。

这可苦了五三七团的官兵了。“联合国军”发挥特种兵优势，由逃跑转为进攻。

“联合国军”的4个营的炮火密集地向九陵山主峰射击。五三七团一营一连占领的九陵山主峰上的阵地变成了焦土，一连指战员全部壮烈牺牲。

抢占九陵山的部队，伤亡都很大。张副师长命令部队，就地转入防御，巩固阵地，入夜以后再发起进攻。

然而，还没有到中午，“联合国军”以11架飞机猛烈突击92.6高地及北侧高地，接着以100多门火炮开路，数十辆坦克当头，约一个团的步兵发起冲击。

张国斌、兰伯庄、彭勃沉着指挥，抗击“联合国军”的进攻。

突然，一股有坦克、步兵编成的“联合国军”混合支队冲到团部附近。

一七九师前指和团指及机关干部、警卫分队奋起抗击，将混合支队击退。

一营阵地战况激烈，二、三营阵地也是火海一片。

张国斌副师长和指挥所的参谋们分析战场态势认为：“后继部队有可能被敌人切断，我们要么被围，要么孤军突出。就算我们四面被围，但只要守住一营占领的92.6高地和北侧山梁这两个要点，主动权还是掌握在我们这一边，就能稳定防御态势。”

因此，张副师长和团领导决定，从二营、三营、团直属队抽调兵员、弹药支援一营战斗，坚决守住阵地。

美二十五师、土耳其旅各一部轮番上阵，你冲不上，

他冲；他冲不上，我又来。总之，他们摆出了不夺下92.6高地和北侧山梁，就绝不罢休的样子。

一营适度用兵，逐次增兵，再加上二营、三营的增援，击退了“联合国军”的一次又一次进攻。

有时，志愿军战士的衣服被燃烧弹烧着了，穿着“火衣”的战士，跑到水坑里打个滚，马上又跑回阵地投入战斗……

一营参谋长牺牲了，教导员负伤了。团领导命令青年股长靳洪苟代理教导员，协助营长指挥战斗，不久，靳洪苟也负伤了……

16时，二连方向战况更加激烈，全连仅剩12名指战员，弹药也都没了，他们只好用刺刀、扁担、刀、斧等，凡能用上的“兵器”都用上了。

12名志愿军士兵和美军、土耳其军，扭打在一起，抱腰的抱腰，抓头发的抓头发……

最后，二连战士全部壮烈牺牲。

入夜，“联合国军”停止了进攻。

五三七团清点人数，一营大部牺牲，二营、三营尚有过半兵力保存。

团指挥所开始调整部署，补充弹药，准备乘夜进攻，夺取九陵山全部阵地。

4月30日1时，一切准备就绪。

进攻即将开始时，侦察科科长韩俊来到五三七团阵地，他是根据枪声找到这里的。

先前，他曾根据枪声判断摸到了土耳其旅的阵地前，一看情况不对，经过再次判断，才到了自己阵地上。

韩俊科长见到张国斌副师长的第一句话是："张副师长，终于找到你们了，我带来了新的命令。"

张国斌忙道："快说，有什么新命令？"

韩俊回答："命令部队回撤！"

张国斌不解地问："为什么这个时候才下达回撤命令？"

韩俊把师指挥所被炸，王师长和宋主任受伤，张政委派出来的两批送信人员都牺牲的情况一一作了汇报，并就张政委再次让侦察科长亲自送信的事儿说了一遍。

韩俊刚说完，训练科长张振铎也到了张国斌跟前。原来，张政委在侦察科长走后，还是不放心，又派出了张振铎再次出发，传达回撤命令。

张国斌弄清事情经过之后，迅速和团长兰伯庄、政委彭勃作出决定：快速掩埋烈士遗体，转运伤员，三营两个连佯装进攻姿态，担任掩护撤离任务。

40 分钟后，五三七团顺利离开九陵山。

向中央求援

4 月下旬，第五次战役第一阶段后期的一天，志愿军副司令员洪学智正在楠亭里第二分部检查督促物资前运工作，忽然接到了彭德怀的电话，让他马上回志愿军司令部。

他便匆忙赶到志愿军司令部所在地空寺洞。

这时，天已经擦黑了。

洪学智一走进彭老总的矿洞，彭德怀就大声对他说："老洪呀，你马上回国。"

"回国？"洪学智感到很突然。

彭德怀倒背着手，在洞内来回踱了几步，烛光把他的身影投射到洞壁上。

党中央、国务院、中央军委对志愿军后勤供应工作很关心，他转过身，目光炯炯地看着洪学智说：

你回去一趟，向周副主席汇报一下我们前线后方供应的情况。

洪学智心想，让党中央、中央军委了解一下前线后勤的实际情况，实在太有必要了。

当时，美军正依仗其空中优势，对朝鲜北部的城镇、工厂、车站、桥梁等重要目标进行毁灭性轰炸。

他们还以少架多批的战斗轰炸机，依山傍道，昼夜不停地超低空搜索扫射，不放过一人一车，一缕炊烟。

朝鲜北部山多河多，铁路多在沿海，腹部地区铁路很少。

公路纵线多，横线少，盘山跨水，弯急坡陡，又多与铁路并行，往往一处被炸，铁路、公路各线受阻，道路布局不适应战时运输的要求。

志愿军后勤运输主要依靠汽车，而敌人把破坏我战区后方交通作为重要手段，使志愿军后勤运输陷入极度的困难之中。

汽车第三团、第四团刚入朝时，因经验不足，车辆过于集中，一次就被敌军飞机炸毁了73辆。

再加上战况复杂多变，部队推进迅速。第一次战役打到清川江，第二次战役延伸到“三八线”，第三次战役插到了“三七线”，运输线迅速延长。第四次战役后和第五次战役中参战兵力又成倍增长，后勤跟进供应十分困难。

志愿军党委针对面临的严重困难，采取了各种应急措施，陆续增加战区的后勤力量，调整后勤保障单位的部署。

主要是沿袭国内解放战争后勤开设兵站线的制度，通过兵站线实施跟进保障。

由于“联合国军”飞机的狂轰滥炸，为了抢时间、争效率，尽量减少损失，志愿军各级后勤都把主要工作

转入到了夜间进行。

但是，因为敌人的破坏严重，部队前出深远，后方供应仍十分困难。

现在，彭德怀让洪学智回国向周恩来汇报情况，使中央领导直接了解前线的情况，以便从人力、物力、财力等方面获得全国人民的支持，洪学智觉得真是太及时了。

这时，彭德怀又说：

> 你回国后，把我们决心成立志愿军后方勤务司令部的想法也和周总理汇报一下。

洪学智说：“知道了。”

洪学智简单收拾行装后，带着警卫员，当夜就坐吉普车出发了。

路上车多、人多，经常堵车。由于夜黑，路窄，不准开灯，汽车险些翻到沟里。

天亮时，敌军飞机又俯冲下来，向吉普车扫射。

幸亏山头的高射炮兵部队及时开炮，吉普车才得以安全通过。

到了北京之后，洪学智先到帅府园中央军委招待所。

聂荣臻代总参谋长对洪学智说：“周副主席正等着你呢，快去吧。”

当时，洪学智穿着志愿军的单军装，由于日夜兼程，浑身泥污，但是也顾不了那么多，就急急忙忙地赶到了中南海周恩来的办公室。

洪学智发现周恩来已站在门口等他了。

周恩来紧紧地握住他的手说："洪学智同志，你一路上辛苦了！"

洪学智说："周副主席辛苦。"

周恩来的工作很忙，显得很憔悴。

当时，由于"联合国军"飞机轰炸，志愿军部队白天不能生火做饭，晚上又要开始行军作战，做饭条件极为困难，部队指战员只好吃炒面。

为了给部队供应更多的炒面，周恩来在繁忙的工作之余，还亲自同机关干部一起炒炒面。

前线将士知道此事，感动得无法形容，真是吃一把炒面，长一股劲呀！

周恩来让洪学智坐下，关切地问："前线作战情况怎样？"

洪学智向周恩来简要地汇报了前线的基本情况。然后说：

几次战役打下来，我们吃亏就吃在没有制空权，敌机的轰炸破坏使我军遭到了极大的损失。

敌机经常一折腾就是一天，见到人就猛冲下来嘎嘎地扫射，扔汽油弹、化学地雷、定时

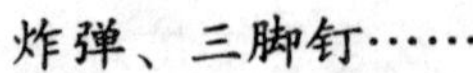

炸弹、三脚钉……

晚上是夜航机，战士们叫“黑寡妇”，也不盘旋，炸弹便纷纷落下，到处是大火。主要是阻滞我军的行动。

周恩来十分严肃地说：

> 美帝国主义欺负我们，疯狂到了极点。但是他们没想到，在他们的海空优势下，我们却打到了“三八线”。美军这是第一次在世界上吃败仗。不过，志愿军要想不吃亏，就得研究对付敌机轰炸的办法。

洪学智说：“志愿军司令部在后方的支援下，已经加强了高炮部队，并已在关键点上增设了防空哨。现在我军主要是靠勇敢作战精神，比如运输车遇到敌机轰炸时，有的就开足马力，猛跑一阵，带起数百米尘土，搞得敌人不知怎么回事，惊呼共军汽车施放了烟幕弹。”

周恩来笑了，说：“战士们的勇敢精神，打掉了‘恐美病’。同志们付出了鲜血，但教育了4亿人。”

说到这儿，他沉思了一会儿说：“美国会不会登陆中国，现在还不能肯定。但是，前线我方胜利越大，登陆的可能性就越小，所以，前线一定要打好。

“中央军委考虑，要尽快出动飞机。当然，我们的飞机有限，只能给敌机制造一点混乱，振奋一下士气。”

洪学智说：“前线将士都盼望我军出动飞机。”

周恩来说：“中国有飞机，许多与我国有伟大友谊的国家有飞机，但是飞机参战还不是时候，这个你当副司令的，应该是很清楚的。”

洪学智一想，也确实如此。飞机要吃油，如果用朝鲜战场现有的运输力量来供应，就是把一切军需弹药都停运，也不见得行呀。

后方供应制约着战役的规模，这是一点也不假的。

接着，周恩来又问：“供应主要是什么问题？”

洪学智汇报说：“志愿军没有防空力量，公路运输线长达数百公里。第三次战役时，前面兵站与后面的兵站相距三四百公里，形成中间空虚，前后脱节。另外，后勤高度分散，也没有自己独立的通信系统，常常联络不上。”

周恩来说：“所以，外国的军事家说，后勤是现代化战争的瓶颈。志愿军后勤必须加强，中央军委考虑，要给志愿军后勤增派防空部队、通信部队……”

洪学智说：“军委的决策太正确了。后勤现存的主要问题是供应不及时。第三次战役，部队是在挨饿受冻的情况下打败敌人的。如果供应得好，胜利会更大。现在战士有三怕，一怕没饭吃，二怕无子弹打，三怕负伤后抬不下来。”

周恩来神情严肃地听着，点着头，不时地用铅笔在

纸上写几个字。

洪学智接着说："现在'联合国军'参战的飞机已由1000多架增到了2000多架，并由普遍轰炸转向破坏我运输线。特别是凝固汽油弹对我地面仓库、设施危害最大。'联合国军'还派遣大批特务潜入我后方指示目标轰炸。4月8日，'联合国军'飞机向我三登库区投掷了大量燃烧弹，一次就烧毁了84节火车皮物资，其中有生熟粮食143.5万公斤，豆油16.5万公斤，单衣和衬衣40.8万套，胶鞋19万双，还有其他大量物资。后方供应的物资只能有百分之六七十到前线，百分之三四十在途中被炸毁……"

周恩来听到这里，脸上露出了十分严峻的神情。

洪学智又说："我们志愿军也采取了些积极预防措施。"

周恩来以询问的目光注视着洪学智。

洪学智说："每次战役发起前，除汽车装满、马车装足外，人员还加大携带量。

"一个战士携行量达六七十斤。在部队运动迅速、供应困难、后勤跟进不及时的情况下，这是一线作战部队生存和战斗的必要保障手段。"

周恩来说："我们的战士辛苦了。"

洪学智说："战士虽然苦一点，但感到还是这样保险一些。"

周恩来问："听说美军常常把丢弃的作战物资炸

毁呀?”

“是这样的，所以在前线，取之于‘联合国军’十分困难。正因为如此，志愿军采取的第三条措施就是与朝鲜政府协商，开展就地借粮，这可以解决一部分问题吧。”洪学智回答。

周恩来问：“就地借粮怎么样?”

洪学智回答:“可以。但是在‘三八线’以南至‘三七线’一段地域不行。这里原为敌人占领，经过敌人反复搜刮，而且当地人民对志愿军也不了解，就地筹措非常困难。这一段已形成了300公里的无粮区。”

周恩来焦急地问：“对此，你们采取什么措施没有?”

洪学智说：“采取了。彭总让尽量想办法解决。我们主要是改进运输方法，组织多线运输，并由成连成排运输，改为分散运输跑单车。另外，实行分段包运制。这样各汽车部队可以熟悉本段敌机活动规律和道路情况。再就是在沿线挖掘供汽车隐蔽的掩体，这可以减少人员、车辆的损失。”

周恩来问：“这样做有效吗?”

洪学智说：“大大提高了运输效率。”

周恩来说：“抗美援朝战争，对我军后方供应提出了许多新的问题。你们要好好研究一下现代战争后勤工作的特点。美帝国主义者气势汹汹，不可一世，扬言去年圣诞节就结束朝鲜战争。事实上，不但没结束，我军反而打到了‘三七线’。我们以劣势装备打败了有海空优势、装备先进的美国，这对我国人民和世界人民都是很大的鼓舞。对世界各国人民反帝斗争也是很大的支援。过去，美国南北战争时，北美的装备比南美差，也是北美打败南美。我分析美国不敢在中国大陆登陆，英法怕扩大战争，说：‘进攻中国就是战略上失败。’我们同朝鲜人民一道，克服困难，不怕牺牲，一定能打败武装到牙齿的美帝国主义。”

回到志愿军司令部以后，洪学智将在北京见毛泽东和周恩来的情况，向彭德怀进行了详细的汇报。

二、东线作战

●志愿军正面压缩而来的大部队距离越来越近，迫击炮弹已经打到公路上来了，拥挤在公路上的南朝鲜步兵和车队开始出现混乱。

●他接下来又投过去几块大石块，砸得敌人乱了阵脚，丢下枪，掉头就跑。这时，机枪射手魏明拾起敌人丢下的机枪，掉转枪口就打。

●崔建国凭借娴熟的搏杀技艺，一连刺死了6个美军，吓得其他7个美军士兵举手投降了。

展开围歼战

1951年5月16日黄昏，风雨交加，江雾弥漫。随着一串信号弹升起，志愿军的攻击开始了。

首先是志愿军的炮火准备，但由于原计划加强三十五师的炮兵营只到了一个，以至于攻击前的炮火准备显得特别仓促。炮兵只射击了20分钟，就没有炮弹了。

为了减少伤亡，志愿军设法避开敌人的炮火封锁区，沿着小道到了南朝鲜阵地，但是交手之后，发现敌人是美军第二师三十八团的两个营。

他们为加固主阵地前沿抵抗冲击的能力，使用了6000根钢筋，23.7万条沙袋，385捆蛇形铁丝网。

同时，前沿还布满了各种照明器材和防步兵地雷，埋设了38个大型人工地雷，这些地雷是将油料和炸药混合装在55加仑汽油桶中制成的，一旦触发，所发出的火焰温度高达3000多摄氏度。

为了突破美军的阵地，志愿军一〇三团一营从正面攻击，遭到巨大伤亡而后退。美军士兵认为中国人肯定在死亡面前畏缩不前了，他们没想到志愿军一营六连的战士会绕到他们的身后，从美军阵地没有埋设地雷的一侧地段发起攻击，而这个地段是悬崖峭壁。

志愿军搭人梯，攀柏藤，冒着悬崖上投下来的密集的手雷和机枪的射击，顽强地向上爬。

当衣衫破烂、浑身鲜血的中国士兵端着刺刀爬上悬崖冲上来的时候，美军阵地的一角立即被撕开了。

之后，三十五师师长李德生命令部队立即加固工事，防止美军反扑。

果然不出所料，15分钟后，一股美军在10多架飞机的掩护下，向志愿军所占领的1050高地反扑而来，经过多次交锋，美军留下大量的尸体，向南溃逃了。

18日早上，南朝鲜第三军团的第三、第九两个师开始心慌了。在军团指挥部里，作战参谋向军团长提出了一个似乎只有他首先说出来才合适的建议：与其阵地被突破发生混乱，不如赶快向南撤退！军团长立即同意了这个建议。

南朝鲜第三军团司令部把这个决定报告给美军指挥部，得到的回答干脆而坚决："无论发生何种情况，决不准后退！"

南朝鲜第九师师长崔锡向第三师师长请求增援，第三师师长告诉崔锡一个令人绝望的消息：志愿军已经占领了五马峙。

五马峙在县里的西南方向，它就是南朝鲜军队和美军在战后争论不休的地方。

五马峙是南朝鲜战线后方的补给和撤退的必经之地，高高地卡在公路边，占领了它就等于控制了公路。

如今志愿军占领了五马峙，这就意味着，整个南朝

鲜第三军团的后方已经被切断。

其实，南朝鲜第三军团军团长早就明白这个要地的重要性，一开始就在那里部署了部队以备不测。

但是，由于南朝鲜第三军团和美第十军的防区分界问题，美军不允许自己的防区内有南朝鲜军队部署，多次急不可待地赶他们走，生怕他们妨碍了美军的行动。而南朝鲜军队认为，这条公路是他们唯一的补给和撤退的要地，他们的后方自己不守谁又能来守？

官司打到美第十军军长阿尔蒙德那里，阿尔蒙德的裁决是：南朝鲜军队为什么要部署在我的防区里面？请他们出去！

正如后来南朝鲜第三军团军团长所指责的那样：南朝鲜军队“出去”了，但是美军没有把五马峙当回事，因为这条公路不是美军的补给线。

现在，归路被志愿军切断了，第三师再也无心坚守阵地了，于是决定撤退。

既然第三师已经决定撤退，第九师还等什么？撤退！

于是，南朝鲜两个师在战斗进行不到 3 个小时之后，便开始了拼命地撤退。

南朝鲜第三军团第九师的撤退大军很快就到了五马峙，但是已经过不去了。

志愿军占领着高地进行顽强的阻击，公路上等待向南逃命的车队在黑暗中排成一条看不见头的长列，车灯在山谷中蜿蜒成一条灯火的长龙。

凌晨3时，南朝鲜第九师三十团的几次攻击失败之后，南朝鲜军队的绝望情绪到达了极限，有不少士兵开始丢下装备往深山中逃散。

这时，南朝鲜第三军团军团长乘飞机亲自飞到这里来了。

军团长刘载兴是在下珍富里的指挥部知道了五马峙已被志愿军占领，当时他除了对美军的愤恨之外，还不太相信这个消息是真的。

他计算了一下：从昭阳江到五马峙，地图上的直线距离是18公里，地面实际距离是29公里，志愿军怎么能够在夜间地形不熟悉的情况下，在3个小时之内，不但突破了美军的防线，而且快速到达，并且占领了五马峙？

如果这是真的，合理的解释只有两条：一条是前线的军队根本没有抵抗，志愿军一冲击他们就让开了路，让志愿军大踏步地通过了他们的阻击阵地；再一条就是志愿军士兵长了翅膀，具备飞翔的本领。

两个师的志愿军正从正面压下来，南朝鲜第三军团的第三、第九师等于被包围了。

此时，又传来消息，志愿军已经在美山里、上南里地区将南朝鲜军第五师、第七师击溃。南朝鲜军第三军团全军协作作战的希望已经没有了。

刘载兴亲自督战，命令无论如何要突破志愿军的阻击，突围出去。

在严厉的命令下，第九师三十团的3个营打头阵，

向五马峙志愿军阵地开始进攻。

没有人知道五马峙高地上到底有多少志愿军战士。他们推测，能够面对两个师的兵力和成百辆将山谷照得雪亮的汽车、坦克而拼命地阻击，兵力一定不少，要不然就是一支敢死队。

南朝鲜方面负责攻击志愿军阻击阵地的 3 个营的分工是：三营占领一侧阵地掩护，一、二营正面攻击。

三营执行了命令，并且与反击的志愿军开始了激烈的战斗。公路上等得焦急万分、心惊肉跳的南朝鲜官兵，眼巴巴地看着五马峙黑漆漆的山峰，等待着一营和二营占领高地的信号。

但是，过了半个小时，又过了半个小时，依然没有动静。

志愿军正面压缩而来的大部队距离越来越近，迫击炮弹已经打到公路上来了，拥挤在公路上的南朝鲜步兵和车队开始出现混乱。

这时传来一个令他们目瞪口呆的消息：负责攻击五马峙志愿军阵地，为两个师打开逃生通路的一、二营根本就没向志愿军阵地进攻，而是绕过五马峙山峰，往南面的芳台山方向逃跑了。

南朝鲜第三军团军团长刘载兴大怒，质问第九师师长这是谁下的命令，第九师师长说他根本没下过这样的命令，定是他们惊慌害怕而自作主张了。

于是，整个南朝鲜第三军团就只有一条路了，向那两个在军团长督战下都能逃跑的营学习，统统向芳台山方向逃跑。

真正的大混乱开始了。开始撤退的命令还没下达，南朝鲜士兵们就开始将车辆的轮胎放气，然后弃车逃命。

原本指望在前面开路的第十八、第三十两个团能够在芳台山方向杀开一条血路，但是很快就又知道了他们也处在逃跑的状态之中。

山谷中到处是南朝鲜士兵擅自烧毁各种装备而引起的山火，漫山遍野的南朝鲜官兵不成建制地乱哄哄地向南择路而逃。

没有一个指挥官在这个时候站出来指挥没有秩序的庞大溃兵，南朝鲜军官们都把自己的军衔标志摘下来扔了，奉命掩护的部队很快就分散地向各自认为可以活命的方向跑去了。

就这样，两个师的南朝鲜军队在溃败中形成3个大部队群，第一群跑向苍村里方向，第二群跑向三巨里方向，第三群跑向桂芳山方向，最后会合于下珍富里附近。

第一群南朝鲜士兵由副军团长姜英勋带头。好不容易到了苍村里，却发现那里已被志愿军占领，于是部队再次混乱起来，分成若干小人群四处逃散。

南朝鲜士兵没有像美军那样的野战炊事装备和空军的及时补给，每个士兵身上带的干粮最多可坚持3至5天。在逃亡的日子里，一些南朝鲜士兵饿死在深山中。

更倒霉的要算是南朝鲜掩护三十团一、二营攻击五

马峙的那个三营了。

他们的任务是掩护对五马峙的进攻，但是过了很久，他们发现战场平静下来了。没有上级的指示，也没有可供判断的战情。

该营用无线电向友邻部队呼叫，没有应答。后来派人到团指挥所一看，团指挥所已没有了人影。这时他们才知道部队都跑光了，只把他们留在了后面。于是全营立即自行组织逃亡行动。

在经过一夜的奔跑之后，南朝鲜军营长发现他身后少了整整一个连。后来才知道，十连的官兵在逃亡中实在走不动了，连长决定找个高地，修好防御工事，布置好哨兵，全连休息一下再跑。

结果，哨兵因为疲惫也睡着了，等感到有什么动静睁开眼睛的时候，志愿军黑洞洞的枪口已经在他们的四周围成了个圈。这个连除了个别士兵拼死挣扎跑入大山之外，其余人员全部被俘。

经过两天的激战，南朝鲜第三师、第九师大部分被歼灭，县里围歼战取得胜利。

面对志愿军发动的攻击，南朝鲜第三军团的官兵们什么都想到了，包括伤亡、被俘、溃败、撤退，可他们就是没想到这场短短 3 天的战斗竟然最终导致了一个令南朝鲜军队感到耻辱的后果，美军认为如此无能的军队根本没有存在的价值，南朝鲜第三军团被彻底解散了。

一支本土军队在本土作战中因为一败涂地，被“协助他们作战”的外国军队勒令解散了，这是一件世界战争史中最稀奇古怪的事。

在志愿军发动的第五次战役第二阶段的战斗中，南朝鲜第三师、第五师、第九师的表现再一次证明彭德怀的“伪军是好打的”论断是正确的。

在志愿军的猛烈攻击面前，南朝鲜军队兵败如山倒，各自仓皇逃命，成为一群失去控制的散兵。

南朝鲜第三军团被解散，引起了南朝鲜军队的极大不满，他们认为南朝鲜军队之所以失败，最主要的原因是美军的溃败造成的，要解散也得先解散美军。

争论之激烈，情绪之冲动，在事情过去了 10 多年之后，在那次战斗中到底“是谁守不住阵地”的争论依旧在进行。

13 年后的 1964 年，原南朝鲜第九师师长崔锡回忆说：

> 我至今不理解根据什么地图划分了美第十军和我第三军团的分界线。让美第十军负责第三军团补给路上的上南里以南地区，这是美第八集团军方面的错误，因为不能把重要的地形、地物加以分割，是战术上的起码常识。

14 年后的 1965 年，原南朝鲜第三师师长金钟五回忆说：

美军没有听从我军团长的话，没有坚守住补给线上的阵地，是导致失败的直接原因。

22 年后的 1973 年，原南朝鲜第三军团军团长刘载兴回忆说：

美第十军军长的固执和指挥上的失误，带来了我们与他们都被打垮的后果。

而南朝鲜军方战史说：

由于美第十军和美第八集团军采取了不当措施，使我第三军团遭受意想不到的灾难。我第九师在作战上配属于美第三师，应该撤美第三师师长的职，而他们却在国军脸上抹黑，根本不考虑国军的士气，自己却泰然自若！

重创美法联军

由李德生师长率领的三十五师攻克加里山主峰后，白天坚持作战，坚决地向预定地点前进，终于完成了切断洪杨公路的任务。

1951 年 5 月 17 日 21 时，第一〇三团以偷袭手段击溃掩护洪杨公路的法国营，占领了大小平川以东诸高地和扇坪以北诸高地，切断了洪杨公路。

18 日凌晨，第一〇五团亦占领老毛谷及其以东、以北地区，并向自隐里外围的“联合国军”发起攻击。

三十五师在攻击中伤亡很大，副师长蔡启荣、作战科副科长李超峰、一〇五团副团长赵切源等指挥员先后牺牲。

经过昼夜连续作战，第三十五师相继攻占泉寺里北侧无名高地及毛老谷高地，扼住了自隐里美步兵第二师第二十三团两个营、法国营和南朝鲜军一个营的退路。

在自隐里，原来判断的是由南朝鲜第五师防御的阵地，接近“联合国军”之后才知道是由美军第二师二十三团的两个营和法国营防御。

与此同时，尤太忠师长率第三十四师亦攻至自隐里西北三巨里地区，很麻利地解决了那里的南朝鲜军第三十五团一部，对自隐里“联合国军”形成了合围态势！

因此，第十二军军长曾绍山认为战情虽有变化，但这是歼灭“联合国军”的好机会。只是三十五师因为连续攻击力量减弱，仅靠三十四师一个师难以全歼自隐里“联合国军”。

于是，曾绍山立即打电报请示兵团，建议改变原定计划，把三十一师留下合力歼灭美军两个营和法国营。

但是兵团回电仅同意把一〇〇团留下，三十一师需要继续完成预定的任务。而因为通信问题，一〇〇团没有及时接到留下的命令，继续往南插下去了。

曾绍山军长毅然决定就用三十四师的两个团打，三十五师负责堵截。

尤太忠指挥第三十四师两个团从正面猛扑自隐里，在夜幕掩护下与美国兵贴身近战，美国兵架不住这种打法，很快丧失斗志，乱作一团，拼命逃跑。

李德生带着第三十五师在洪杨公路上预设埋伏，截住拼命突围的美步兵第二十三团和法国营，用地雷、火箭筒、反坦克手雷等击毁坦克 7 辆，并顽强阻截从寒溪出援的南朝鲜军第五师主力，在两路敌人夹击之下，始终控制住了公路两侧高地。

两个团的志愿军面对火力强大的美军毫无惧色，勇敢冲锋。

法国营是在抵平里战斗中与中国军队进行过血战的部队，指挥官还是那个瘸腿的海外兵团的老兵。

美步兵第二十三团和法国营终于架不住了，于是，他们在阿尔蒙德叫来的飞机的掩护下，爬上坦克，开着汽车就跑了。

由于第十二军兵力不足，还是让他们跑了不少。

战斗进行了 6 个小时，志愿军歼灭美二十三团和法国营各一部，俘虏200余人，击毁汽车、坦克250多辆。

但是，法国营运气不太好。他们先是被曾绍山部队打得七零八落。刚跑出来不远，迎头就撞上了志愿军第一八一师。

六十军第一八一师师长王诚汉当年是皮定均将军手下的干将，一接到任务就跳得老高，三下五去二就把任务给团长们部署了：

“第五四二团先吃掉法国营，然后掉过头来和第五四一团、第五四三团与友邻合击美步兵第二师主力。我靠前指挥，前指设防在加里山主峰北侧500米处。”

第五四二团团长武占魁这下满意了，第一阶段他老说没打过瘾，这次要他打法国营。

“不能小看这个法国营哩，那个营长听说原来是个中将，自愿降成中校来打仗的，在抵平里打得很硬气。”政治委员张春森说。

“管他将啊校的，撞上咱皮旅算他倒霉!”王诚汉接过张春森的话头，“我上去了，这一摊子交给你了!”

可这时武占魁偏偏在过昭阳江时扭伤了脚。看着到口的肥肉被人抢走了，挺壮一条汉子，眼泪都快给憋出来了。没法子，只好让副团长周光璞占便宜了。

18日15时，第五四二团刚在福宁洞部署好阵地，就看见大小平川撤退的法军坐着汽车闹哄哄地向第三营的伏击圈拥了过来。

周光璞大喜过望，亲自带着警卫排往上冲。

第三营全营端着刺刀喊着杀声紧跟着扑了下去。

法国兵也的确不含糊。他们又照着抵平里样子故伎重演：全不戴钢盔，缠着红头巾，喊着“卡莫洛尼”，挺着刺刀就跟第三营搅成一团。

双方白刃相搏血战一个多小时，法国兵的确比美国兵硬气，虽然跟着营长拉尔夫·蒙克拉乘坦克跑掉了不少，但没跑掉的还在顽抗，最后大都躺在了山沟里，只有几个俘虏。

整个朝鲜战争，中朝部队前前后后跟法国营打了好几次恶仗，最后收容进俘虏营的累计只有13人。

在自隐里围歼战中，由于志愿军参加围歼的兵力严重不足，火力微弱，无法形成严密的包围，大部残敌在飞机的掩护下逃走了。

如果三十一师留下来参加围歼，全歼美二十三团两个营和法国营的可能性就会很大。

事后证明，三十一师虽然插到了南面，但因插得太远，失去战机而没有大的作为，再后来又因需把部队撤回而伤透脑筋。

攻占大水洞

1951年5月15日晚，志愿军第三兵团下达了作战计划。

根据计划，第十五军要以一个师的兵力由坪村里、上杰里实施突破，割裂美陆军第一师与美军第二师的联系，阻止美军第一师向东增援，其他两个师把美军第二师第九团割裂开来，力求歼灭美军第二师一部。

第六十军要以一个师吸引住美陆战第一师，等待十五军割裂成功后，从正面发起攻击。

另外，第六十军要以一个师置于品安里、坪村里地区，寻找机会攻打美军第二师师部。

战斗打响后，志愿军各部连战连胜。

18日，第十五军相继攻占了板项里、大水洞及德田岘地区的一些要点。

18日夜间24时，第四十四师在师长向守志的指挥下，向盘踞在大水洞的美军扑了过去。

作为师前卫的一三〇团在团长车传钧的率领下，勇敢地投入战斗，以火力开辟道路。

志愿军一三〇团将向敌方心脏穿插的任务交给了九连二排。

营教导员严肃地对排长崔建国说："崔建国同志，你是个优秀的人民战士，是共产党员，祖国人民和党交给你的任务，你会想尽一切办法去完成它。你能吃苦，不怕牺牲流血，党是了解你的。”

崔建国从营教导员脸上的表情，知道任务非同寻常，于是就说：“教导员你有什么指示就直说吧，我一定不打折扣地去执行。”

“好！你知道祖国的父老把自己最亲爱的儿子送到朝鲜前线，是为了争取抗美援朝的胜利，并不是来送死。你是指挥员，如果有一点考虑不周到，就会让我们的战士白白流血。你始终不要忘记上一次战斗，你们排有几个不应有的伤亡。”

最后，教导员再一次告诫说：“指挥员要多用脑子，在顺利情况下不麻痹；在危急情况下不急躁。一个人勇敢顽强、不怕牺牲是比较容易做到的；带领战士机智地战胜敌人，减少伤亡是很不容易的。可是你必须做到这一点。崔建国同志，请你在任何情况下都要记牢：对祖国负责，对战士负责，对党负责。”

从营教导员的谈话里，崔建国深深懂得了“对祖国负责”这句话的分量。

回到排里，他召集大家开会。崔建国把军用水壶打开，对大家说：“同志们！把你们的洋瓷碗放到面前，我们喝一点从祖国带来的薄荷水。”

战士们看了看排长，又互相望了望，然后把洋瓷碗放在面前的草地上了。

薄荷水是他从祖国带过来的，经过了几个月的战斗。每当崔建国口渴难忍，揭开水壶的木塞时，他又舍不得喝下去：这是祖国的水啊！

这水里有着祖国泥土的气息！每一次他总是看看壶里的水，嗅一嗅水的味道，再把木塞拧上。可是这一次，他们排接受了最艰巨的任务，他决定把这壶水分给全排战士。祖国的水会激发他们的战斗意志，会增强他们的战斗力量。

崔建国默默地把薄荷水分给大家。他举起碗来说："我们好好想一想祖国，想一想咱们的领袖毛主席。"

他看着大家喝下之后，就宣布任务了。

"同志们！我们接受了一项既艰巨又光荣的任务。"崔建国说，"为了配合兄弟部队歼灭敌人，我们要插到敌人的心脏里去。我们是全团的尖兵，上级要我们通过 40 公里纵深的敌人封锁区，在敌人的心脏楔下钉子。这次任务比过去任何一次任务都要困难、艰巨。我们既要通过封锁区，还不让敌人发觉；消灭敌人，在敌人的心脏里站住脚。在这种情况下，我们要沉着、冷静、机智，坚决服从指挥，一定要完成任务！"

"当然，我们有可能要孤军作战，弹药得不到接济，与 10 倍、20 倍、100 倍的敌人战斗。"

崔建国讲到这里，稍微停顿了一下，看了看大家又强调说："我们是中华儿男，祖国只允许我们胜利，不允许我们失败。刚才我们大家喝了祖国的水，它会激发我

们增加无穷的力量。我们一定要胜利，一定要完成上级交给我们的任务。如果我为祖国牺牲了，六班长王来成同志来代替我。各班班长都要指定代理人!”

崔建国讲话之后，就分班进行讨论，大家都保证坚决完成任务，并做好克服困难的精神准备和物质准备。走在最前边的是第六班，他们是尖刀排的尖刀班。

战士们托着挂在脖子上的自动枪，手摸着扳机，准备随时射击。手榴弹全部揭开盖子，皮线外露着。水壶、手榴弹外面包着布片，不让它碰响。

在行军路上，他们一会儿伪装成南朝鲜军，一会儿伪装成美军，以极其巧妙的动作，穿过敌人一道一道的封锁线，抓到一个又一个敌人的哨兵。

沿途了解了不少情况，绘制了一张张的军用图，为后续大部队进攻创造了条件。

当他们进入敌人心脏后，就像孙悟空一样开始大闹天宫了。

全排3个班分组活动，袭击敌人的哨所和指挥部，搅得敌人昼夜不得安宁。

敌人追上来，他们就以自动火器成排地扫过去，敌人一片片地倒下去；或者他们吹起军号和小喇叭，敌人不知道面前的这支部队有多大兵力，不敢轻举妄动。

就这样，他们夜袭了一个又一个敌人的营团指挥所，连克4个地堡，全歼美军一个排，为主力部队的前进打开了道路。

后来，四十四师一三〇团九连在继续插进的过程中遭到敌人的反扑。

在战斗的最紧要关头，副团长深入指挥，告诉大家："你们的任务是：夺取敌人炮兵阵地，切断洪川公路，分割敌人团部和师部的联系，保证兄弟部队进来歼灭敌人。"

这个任务是很沉重的，这是争取大水洞胜利的关键。在这个紧要的关头，党委发出了号召：

坚决完成战斗任务，为祖国争光！

连长陶金山走了出来，说："上级赶快下决心吧，用我们的时候到了！"

在陶金山带领的连里，战士们都急得全身冒火，要上面给他们任务。这个最重的任务是交给他们了。营党委号召他们："要攻得猛，守得硬，要准备打下敌人5次、10次以至几十次的反击！"副团长也亲自向部队作了动员。

接着，攻击开始。我们的炮火先发制人，勇士们在敌人面前突然出现，一阵激战之后，这个英雄连队夺取了敌人炮兵阵地，缴获了化学炮4门，切断了公路，分割了敌人。从此，敌人一次又一次的反击开始了。

打下敌人的一次反击之后，连长陶金山负伤了，指导员劝他下去，他说："一个共产党员，当需要你流自己

的鲜血的时候，自己就要高兴、愉快、勇敢地拿出来，为人类求幸福！今天，我们这个阵地，是决定大水洞战斗胜利的关键。我们的任务，关系着祖国的安全。因此，我不能下去！”

敌人不断反击，战士们也打得越来越勇猛。

有一次，我们的一个机枪射手魏明，把机枪都打炸了，后来他一个人，背一把铁锹，一直伸到阵地的五六十米以外去站岗。

反击的“联合国军”又上来了，他藏身在障碍物后面，等敌人走得近了，跳出来，抡起铁锹把走在前面的两个敌人劈死了。

他接下来又投过去几块大石块，砸得敌人乱了阵脚，丢下枪，掉头就跑。这时，机枪射手魏明拾起敌人丢下的机枪，掉转枪口就打。

就这样，他一个人打退了敌人一个连的反击。等别的战士从后面赶上来时，他已经缴了机枪一挺，卡宾枪3支，手枪一支，还俘虏了一个美国兵。

后来，在打垮敌人的又一次反击中，连长陶金山中了敌人的两颗燃烧弹，全身着火。就在这个时候，身为共产党员的陶金山，亲自交代排长崔建国为代理连长，继续完成任务。

他对崔建国说：“我命令你争取在5分钟的时间内，接受党的任务，我将要为党、为祖国、为人类流尽最后一滴血。但是，流血是值得的，祖国人民和世界人类永远不会忘记的！我最后命令你为代理连长，你要完成我所没完成的任务，歼灭敌人，守住阵地，就是为我报仇！最后胜利一定是属于中朝人民的！”

说到这里，他就光荣牺牲了。

共产党员陶金山的话，就是一种力量。

随着敌人又一次反击上来，崔建国跳起来，大声说：“同志们，陶连长的话听见了吗？我们要擦干眼泪，挺起胸膛，歼灭敌人，为连长报仇！”

当子弹打光的时候，崔建国跳出工事，带领战士们与美军展开白刃战。崔建国凭借娴熟的搏杀技艺，一连刺死了6个美军，吓得其他7个美军士兵举手投降了。

战后，崔建国被记特等功一次，获得一级英雄称号。

整个战局开始出现变化

赵兰田率领的志愿军第三兵团第十二军三十一师自战斗开始就发展不顺。赵兰田亲自带两个团突破敌人阵地之后向纵深发展，但在自隐里北侧的三巨里地区受到美军坦克群的阻击。

赵兰田当机立断，绕过美军，天亮前插到洪杨公路，但是美军的炮火十分猛烈，加上白天飞机参战，部队打得十分艰难。为了按时到达指定地点，部队冒着飞机的轰炸和炮火的打击坚持白天前进。

在到达釜峰时，他们又与美军撞上了，志愿军没有炮火的支援，凭借手中的轻武器无法突破美军的阻击，因此三十一师没能在预定时间到达指定地点。

美第二师和法国营在受到多次打击之后开始向南撤退，至20日，他们在福宁洞和寒溪地区又遭到志愿军第六十军一八一师的围攻。志愿军五四二团在公路上截住法国营，向这些头缠红布的法军发起了猛烈攻击，法国营再次受到重创。

后来在审问一个18岁的法军俘虏时，志愿军官兵们对这个法国人嘴巴不停地动着感到好奇，最后弄明白了，这个法军士兵已经两天没吃饭了，嘴里嚼的是不知从什么地方弄来的花生米。

至21日，中朝军队在东线普遍向南推进了50到60公里，第三兵团突破后插得最远，其第十二军已到达“三七线”，其九十一团向南插入达150公里之远，到达“三七线”以南地区的下珍富里。

由于朝鲜中部山脉的走向大都是纵向，而志愿军的投入很多，兵力密集，于是山脉走向严重影响了志愿军的横向机动，所有的志愿军都在沿着纵向几条有限的公路南下追击，插入到很远的地方。

也正因为如此，志愿军形成的合围不多，所以歼灭“联合国军”有限。

另外，美军和南朝鲜军队利用占优势的机动性能，闻风而逃，迅速撤退，也是志愿军无法形成合围的原因。

更重要的是，志愿军连续作战，伤亡巨大，官兵疲劳，粮弹已尽，已经没有了持续作战的能力。

这时，彭德怀接到第三兵团、第九兵团领导联名发来的电报：

据当面情况美军已东调，伪军溃散后缩，特别是我们部队粮食将尽，有的部队开始无粮做饭。因此，我们认为，如整个战线不继续发动大攻势，而只东边一隅作战，再歼敌一部有生力量，我们亦需付出相当代价。如不能打出个大结局，则不如就此收兵调整部署，进行准备，以后再战。如全线继续大打，则我们仍可

继续作战。

如何速示。

5月21日，彭德怀致电毛泽东：

以前各部队携带5天粮，可打7天。也可就地筹粮补充之。现在携带7天粮，只能打5至6天的仗。因战斗中耗损，就地不能筹补。洪川敌顽抗不退，使我东线部队无法运输补给。美三师东调，堵塞洪川、江陵间缺口。五次战役西线出击伤亡3万。东线出击伤亡一万出头。为时一个月，进行东西两线的作战，部队有些疲劳，需恢复和总结战斗经验。

战斗发起后，第一线运输极端困难。待人力运输到团后，可能得到若干改善。且雨季已接近开始，江河湖沼尽在我军之后，一旦山洪暴发，交通中断，顾虑甚大。此役未消灭美师团建制，敌夸大我之伤亡，还有北犯可能。根据上述，我军继续前进，不易消灭敌人，徒增困难。不如后撤，使主力休整，以免徒劳……

彭德怀在致电毛泽东的同时，命令部队停止进攻。第六十五军于议政府、清平里地区阻击敌人，第六十军于加平、春川地区阻击敌人，第二十七军一个师于春川、大同里地区阻击敌人，共同掩护第十九兵团、第三兵团、第九兵团主力分别转移至渭川里、涟川以北地区、金化地区、华川以北地区休整。

但是，就在彭德怀向志愿军3个兵团下达向北转移的命令的时候，“联合国军”的反击作战已经部署完毕，巨大的阴影正向志愿军悄悄压来。

19日，当越来越多的证据表明中国军队的攻势减弱的时候，李奇微飞临美第十军指挥部，与范弗里特、阿尔蒙德以及美第九军军长霍克一起商讨美军将要采取的行动。

在咒骂了南朝鲜军队的无能和决定把南朝鲜第三军团解散之后，会议一致认为，虽然在志愿军发动的攻势面前，美第二师至少损失了900人以上，东部战线向南后退近百公里，但是，由于美军在中部战线的阻击，使战线形成一个很大的凸形，志愿军宽大的侧翼已全部暴露。

况且，志愿军的“礼拜攻势”减弱的时候，正是“联合国军”反击的最好时机。

美军会议决定立即集中4个军13个师的兵力，以摩托化步兵、坦克、炮兵组成的快速反应和机动的“特遣队”，在空军和远程炮兵支援下，沿着汉城至涟川、春川至华川、洪川至麟蹄的公路，实施多路快速反击。

李奇微签署作战命令，第八集团军应于5月20日发起进攻，各军任务如下：

美第一军沿汉城至铁原轴线实施主要进攻，并负责保障第九军的左翼。

美第九军向春川、华川方向进攻，并夺占春川盆地以西的高地。

美第十军应制止志愿军在其右翼达成突破，并协同第九军右翼部队向麟蹄、杨口方向发起进攻，第九军的右翼也由第十军负责。

第八集团军司令范弗里特应密切注意这次进攻的发展情况。

志愿军就要面对的压力来临了。

三、向北转移

●柴云振命令5人一组，趁照明弹落下的间隙快速跃入另一弹坑，待升起的第二颗照明弹落下熄灭后再次隐蔽前进，逐渐绕到敌人不易发现的山脚下。

●他们从泥土中爬出来，不顾个人安危，在敌人的枪林弹雨中继续扑灭火炮前车上的火，火被扑灭了，避免了一场大的灾难。

●就在这一刻，随着郭恩志的一声呐喊，他第一个从悬崖上纵身跳了下去！紧接着，八连还活着的士兵跟随着他，纷纷跳下悬崖。

展开朴达峰防御战

1951年5月28日，被我军打得狼狈不堪的美李军队，乘我军北撤之机，突然集中兵力尾随而来。第十五军命令四十五师在金化以南阻击美军，至少要坚持到6月7日。

师长崔建功经过仔细研究，把一三四团配置在第一线，一三五团在第二线，一三三团作为第二梯队。

5月28日拂晓，美军第二十五师和加拿大第二十五旅，在飞机、大炮和坦克的掩护下，开始向朴达峰扑来。志愿军立即进行了还击，经五天五夜的激战，双方伤亡较大。最终，我军丢失了两个山头。

6月2日以后，美军开始重点进攻朴达峰。于是，志愿军在朴达峰山区展开了一场英勇顽强的阻击战。

朴达峰在金化西南30多公里的地方，山势险要，是敌人进犯金化的必经之地。

此时，敌人已逼近我三营前沿阵地，情况十分危急。四十五师一三四团副团长刘占华命令三营组织力量阻击进犯的美军。

营长武尚志命令七连和九连剩余人员40余人组成二梯队坚决阻击。他命令当天由师警卫连补充到八连的班长柴云振带领七班9名战士向占领志愿军主峰阵地的美军发起反击，全力以赴夺回阵地，堵住敌人的进攻缺口。

尽管这个任务十分艰巨，但是柴云振二话没说，毅然接受了任务。

柴云振根据两个失去阵地的地理位置，仔细分析夺回阵地的计策：我方人员少，敌方人员多，且武器精良，白天强攻显然不行，只有等到晚上充分发挥我军近战夜战的优势才能夺回阵地。

可是敌人十分狡猾，不仅加固了工事，加强了武器装备，而且在夜晚施放照明弹。

每当夜幕降临之时，敌人就不断地向夜空发射照明弹，照得黑夜如同白昼一般。在这种情况下，志愿军的行动就完全暴露在敌人面前。

柴云振命令 5 人一组，趁照明弹落下的间隙快速跃入另一弹坑，待升起的第二颗照明弹落下熄灭后再次隐蔽前进，逐渐绕到敌人不易发现的山脚下；同时命令担任掩护的二组 4 人不时在另一个方向的隐蔽地向敌人山头放冷枪，以吸引敌人的注意力。

就这样，柴云振带领 5 名战士很快从侧后爬上了山头，他们对准敌方喷火的机枪扔去手榴弹，消灭了阵地上的美军。第一个山头被顺利地夺了回来。

第二个山头要比第一个山头高得多，险得多。敌人在这个山头上驻下了一个营的兵力坚守，而且吸取了教训，为防止志愿军偷袭，无论有无照明弹升空，都对准阵地前的凹陷地开枪扫射。

显然，志愿军不能再利用凹地接近敌人了。柴云振决定将5个战士分别隐蔽在两个方位，打敌人的火力点。

他自己则率领3名战士，绕开敌人的火力，攀崖附壁，向第二个山头接近。

30多分钟后，冲锋的战士被敌人发现了，敌人的子弹在前进的战士面前形成了一道密集的火力网。

柴云振命令战士停止前进，等待战机。

大约一个小时以后，敌人的机枪逐渐停了下来。柴云振抓住战机，带领战士悄悄向敌人接近。

当接近山腰时，敌人突然发现了柴云振他们，叽里呱啦地乱叫着，疯狂地向战士们开枪。

柴云振等几名战士冒着敌人的枪林弹雨，相互掩护着冲上了半山腰。他们端起机关枪，将半山腰工事里一个排的美军消灭得干干净净。

之后，他们又匍匐接近山顶阵地，登上山顶，干掉岗哨，消灭了正在山顶上开会的美军。

第二个山头也顺利地回到了我军手里。

此时，担任反击任务的八连主力已到达一个山头接防，柴云振留在一号山头的两位战士来到了另一个山头。

柴云振等人把敌人的尸体用作掩体，又把敌人的枪支弹药收集起来留着备用。他们估计敌人是不会就此罢休的，一定会组织力量反扑，目前要抓紧时间做好反击敌人的准备。

果然，几个小时以后天亮了，敌人组织了大约两个团的兵力展开大规模的反扑，要夺回失去的阵地。由于敌众我寡，柴云振命令每个战士把成捆的手榴弹和爆破筒扔向敌人，并用机枪扫射，美军在丢下一大片尸体后，狼狈逃窜了。

但20多分钟后，美军在飞机大炮掩护下再次强攻我方阵地。

美军的飞机在一个阵地上空拼命地扔炸弹，完整的工事被炸得不成样子，战士们被泥土埋在了阵地上，树木也都被炸裂了，燃起熊熊大火。

待美军飞机飞走后，美军的大炮又向志愿军阵地上铺天盖地地发射过来，阵地上到处是爆炸声和炸飞的泥土、弹片、岩石、木棍。

包括柴云振在内，所有的战士都负了伤，鲜血染红了阵地上的泥土，身上的衣服被炸得破烂不堪。

美军在炮火轰击之后，如蚂蚁一样从西南面向朴达峰主峰山头阵地扑来。

为了保存有生力量，八连派人前来传达团部命令并接应柴云振和七班战士迅速撤出阵地。但是就在撤离过程中，柴云振带领的战士中有3名中弹牺牲。

柴云振眼看自己冒着生命危险夺回的阵地再次被敌人占领，心如刀绞。

撤退下来的七班战士实在太困了，回到营部即倒下睡着了。卫生员立即给他们包扎了伤口。

柴云振一觉醒来，吃了一点压缩饼干，就跑到营长

面前请战，一定要上前线去打美军。营长武尚志批准了他的请求。

柴云振精力恢复了，又如猛虎一样，带领6名战士迅速出击，沿着熟悉的地形隐蔽着向山顶靠近。

柴云振带领战士们冲上山头，消灭了山顶上的美军，但是这次又牺牲了两名战士。柴云振将仅存的4名战友分成两个战斗小组，坚守阵地。

子弹快打光了，手榴弹也用光了，美军见柴云振他们无力还击，估计他们没有子弹了，就又一次狂叫着成群结队地往阵地上冲来。看样子敌人要抓活的。

柴云振和战友们捏紧了拳头，开始准备与敌人肉搏了。

当美军冲上阵地离柴云振他们有50多米远时，柴云振突地站了起来。他端着冲锋枪，怒视着敌人。紧接着其他战士也都抓起了机枪或冲锋枪，相继站了起来。4位志愿军战士像钢铁巨人一般，屹立在朴达峰阵地主峰山头上。

这阵势把敌人给镇住了，大批美军停住了脚步，卧在了山坡上，不敢向前挪动一步。双方僵持了足足有5分钟时间。

在这危急关头，营长派老战士郭忠堂和另一名新战士送来了两箱子弹和几十颗手榴弹。

4位英雄立即跳入战壕给机关枪上了子弹。此时，敌人爬了起来，向主峰阵地冲来。

美军边冲边端枪扫射，4 位英雄中有两位不幸牺牲了，送子弹的战士也被美军的子弹击中牺牲。

柴云振强压心中的怒火，端起机枪向敌人猛射，另一位战士则使出全身力气向敌人扔手榴弹。敌人被柴云振他们打得鬼哭狼嚎，像潮水般退了下去。

阵地坚守住了，山坡上留下了成堆的美军尸体，两位英雄松了一口气，他们面对阵地上高高飘扬的红旗，脸上露出了胜利的微笑。

此时团部传来命令，阵地交给九连接守。

回到营部吃完饭，柴云振刚想休息一下，前方便传来消息：阵地失守。营长武尚志高声说："七班出击，一定要拿下那两个山头！"

此时，七班仅有两名战士了，营长给补充了两名新战士。

面对美军，柴云振命令战士们死也要夺回阵地，坚决消灭敌人。

随着一声令下，几名战士向阵地冲去。身后，团里派来增援的部队组成强大的火力进行掩护。

他们顺着山势，避开敌人的火力，爬上山头，摸到了美军阵地的后面。柴云振在看清敌人的火力分布后，指挥战士逐个消灭美军。

其中，有一个美军指挥官正在指挥打击我方部队，被柴云振当场击毙。

其他几名战士顺势将手榴弹扔向美军的其他几个火

力点，随着手榴弹爆炸的轰响，山头上的美军被歼灭，敌人的第一道防线被突破。

阵地上，美军的机枪哑了，山头仿佛又恢复了战前的宁静。几分钟后，突然在一个较隐蔽的地方，传来叽里呱啦的声音。

柴云振仔细辨别了声音传来的方向，黑乎乎的树桩后面，竟有一个半掩的岩洞！岩洞就在离自己约有100米的山顶拐角处。柴云振根据经验判断，这是敌人驻扎在山峰的营部指挥所。

为了摧毁这个指挥所，他和几名战士，分散隐蔽着，边观察边向美军指挥所爬去。

柴云振在接近山洞10多米处时，取下一颗手榴弹，拧开盖子，拉了火索线，扔向岩洞。随着“轰”的一声巨响，里边的美军被炸死，岩洞也被彻底炸垮了。

外面的美军士兵见状，扔下枪炮，不顾死活地往山下逃去。

逃下去的几十名美军，在另一面半山腰部的凹陷处与另外的100多名美军会合了。在一名美军指挥官的指挥下，又向山头阵地扑来。

美军的子弹如雨点般向山头射来。柴云振见此情景，指挥战友用手榴弹和机关枪打击敌人，很快，美军又丢下许多尸首，再次逃了下去。

但这一次他们就没有那么幸运了，柴云振一阵猛射将他们全部消灭。

在这次战斗中，柴云振身边的战友都牺牲了，他自己身上多处负伤，可他全然不知。

阵地上，只剩下柴云振一个人了。他挥手抹去额上的汗水，可一看全是血水，正想松一口气，却突然听见后面有脚步声。

他转过身来，见两个高大的美国鬼子已冲到离自己只有20多米远的地方了。

柴云振扣动扳机想消灭这两个美军士兵时，机枪里却没有子弹了。

柴云振扔了手中的枪，冲上前去要与这两个美国鬼子拼个你死我活。

这两个美国士兵见状，也扔下卡宾枪，凭借个子高大的优势，要生擒柴云振。

双方拳脚相加扭打起来，柴云振的皮肤被敌人抓破了，鲜血直流。

敌人在扭打中摔掉了钢盔，被柴云振抓掉了一只耳朵，抓破了脸皮，同样是鲜血淋淋。

在后来的搏斗中，柴云振的一根手指被敌人咬断，头部被击中，他当场昏了过去。

朴达峰主峰山头上静了下来，再也没了枪炮声和怒吼声。

阵地上，柴云振静静地躺着，鲜血直流。

美国鬼子以为柴云振已经死去，就松开了手，急急忙忙向山下逃去。

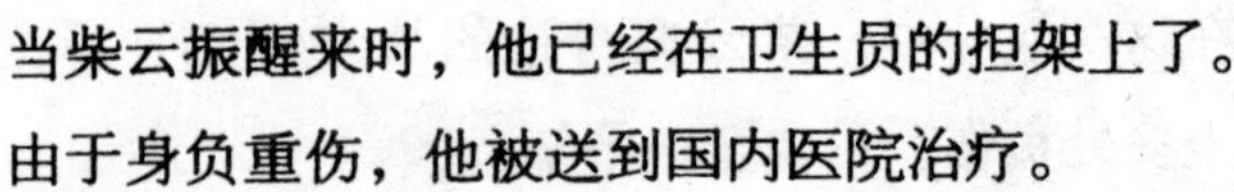

当柴云振醒来时，他已经在卫生员的担架上了。

由于身负重伤，他被送到国内医院治疗。

第四十五师坚守着朴达峰阵地，先后击退了美军的40多次冲击，打死打伤美军2800多人。

其中，柴云振一人就打死100多，圆满完成了上级交给的任务。

为此，彭德怀还表扬了十五军，第十五军给表现突出的一三四团记集体功一次。

步炮协防芝浦里

十五军四十五师在朴达峰阻击美军的同时，四十四师也在芝浦里顽强阻击着“联合国军”的北进。

第二十九师作为十五军的第一梯队在芝浦里构筑了宽9公里、纵深长19公里的防御阵地。

刚刚构筑好工事，美军第三师、第二十五师一个团和加拿大第二十五旅共5个团2.5万多人，就疯狂地扑了过来。

第二十九师全体指战员迅速投入了战斗，给予加拿大军和美军沉重打击。

为了增强阻击力量，第十五军司令部命令炮兵第九团参加芝浦里阻击战。

该团团长韩峻、政治委员郝光、参谋长赵梗3个人在经过商量后，决定由参谋长赵梗带领一个指挥小组，率一营和二营提前到达维纳阵地。

5月30日凌晨，赵梗率一营和二营赶到了芝浦里地区的维纳阵地。

他们一面迅速隐蔽车、炮，安排食宿，一面派人寻找步兵指挥所接头联系。

突然，美军的炮弹打了过来，落在阵地前，燃起了熊熊烈火。

起初，赵梗还以为美军是在放冷炮，进行试探性射击。后来美军的炮弹越来越密，一直打了半个多小时。

赵梗凭经验判断，这应该是美军发起进攻的炮火准备了，过不了多长时间，美军就会攻过来。但这个时候，他们还没有和步兵第八十六团取得联系。

天公不作美，这时又下起了大雨。形势紧急，赵梗迅速派人四处寻找第八十六团指挥所。

最后，派出去的联络人员找到了第八十六团指挥所。

原来，第八十六团指挥所就设在距离炮兵阵地不远的龙谷沟沟口。

这时，前沿步兵二营营长徐德堂打来电话，请求炮火迅速支援。

他大声说："美军十多辆坦克和几十辆满载步兵的汽车已进入到云川里。这个地方位于角屹峰右前山麓的公路线上。现在该营已经和美军交上火了。美军势头很猛，连续发动着冲锋，妄图一举突破二营前沿阵地，一直冲过芝浦里。"

但在这个时候，第九团指挥所里只有参谋长赵梗、侦察参谋谢元俊两个人，另外还有几个电话兵。团领导、机关和直属分队因为徒步行军，还远远落在后面。

赵梗果断决定把指挥所就近设在阵地右侧的山脚下，让各营火炮就地准备射击。

但是，这样做困难很多，观察所还没有展开，一连串问题让赵梗焦虑不安起来。

仔细观察阵地情况后，他发现阵地前面有一个最突出的目标，那就是巍然高耸的角屹峰。

该峰岩尖直刺云天，按炮兵的眼光看，绝对是一个理想的天然瞄准点。

赵梗感到一阵狂喜，马上命令全团火炮向角屹峰顶端瞄准。这样，很快达成了全团集火射向。

战士们做好准备后，迅速发射出了密集的炮弹。美军措手不及，顿时死伤大片。

“很好！你们的炮弹给敌人以巨大的杀伤力!”步兵团领导特地给炮兵第九团打来电话，称赞他们的炮打得好。

美军吃了一顿苦头后，调整部署，绕过角屹峰右侧，直接向北窜进。

这时，第八十六团二营营长徐德堂利用处在阵地前沿的优势，不时地向炮兵第九团报告美军行动情况，为炮兵开火指示目标。

炮兵第九团的火炮随着美军的运动而不断调整射向，配合第八十六团顽强抗击着美军。

美军恼羞成怒，凭借优势火力，一点点地朝炮兵第九团阵地压了过来。

形势再一次危急起来。赵梗努力判断着情况，思索着应该怎么办。

他想：难道真叫炮兵同敌人拼刺刀吗？这可能不合适。撤退吧，我们是骡马炮兵，美军是坦克装甲车，怎

么能在同一条公路上赛跑呢？这样全团就会有覆没的危险。

这时，一句“狭路相逢勇者胜”的兵家格言涌上他的心头。

赵梗拿起话筒向第八十六团建议：“跟敌人拼了！”

“怎么个拼法？”第八十六团领导问他。

赵梗说：“如果美军向我军炮兵阵地冲过来，必定先通过我军阵地右侧的方山垭口。这时，我们就把炮口全部对向这里，用所有的炮弹猛烈轰击，同时步兵进行强大的反击，这样就有可能把美军击退。如果这样打还不成功，我们就留一发炮弹最后炸毁自己的火炮，全部人员撤进山里。当然，下定这样的决心是非常痛苦的，我们不战斗到山穷水尽是不会采取这一招的。”

第八十六团领导听了赵梗的建议，在电话里略微沉思了一下，心情沉重地说：“好吧！我将尽可能地组织力量顶住敌人，掩护你们。”

赵梗首先统计了一下弹药情况，然后在阵地上召开了一个紧急干部会议，在会上说明了作战处置决心。

按照部署，炮火射向全都指向山口一边，炮兵第九团阵地上只留下军事干部和炮手、电话员，其余人员在政工干部率领下撤到左侧山谷的集结地点。

一切准备就绪。

美军的坦克和装甲步兵又冲了上来。

当他们行进到距离炮兵阵地三四百米处时，赵梗果断下令："开炮！"

霎时间，成群的炮弹从赵梗头顶呼啸而过，全部落到山垭口前面至自逸里一线的山沟里。

密集的炮弹在美军坦克和步兵中间开花，硝烟弥漫，火光冲天，美军坦克被炸得动弹不得，美军步兵被炸得鬼哭狼嚎，慌不择路，四处逃窜。

第八十六团在炮兵第九团的炮火掩护下，迅速向美军发起猛烈的反冲击。

一会儿工夫，美军死伤大半，几十辆坦克被击毁，美军一名少校营长被打死。美军被迫向后撤退了。

第二天，团长韩峻、政治委员郝光率领团机关和直属分队也赶了上来。

炮兵第九团和第八十六团的领导在一起开了会，研究了战斗中的协同问题。

正在这个时候，十五军命令他们撤到佛堂谷一线，准备第二线防御。

6月1日上午8时，美军出动了大批轰炸机，对八十六团和炮兵第九团防御阵地进行了狂轰滥炸，之后，美军炮兵再次开炮轰击。

半个小时以后，美军集结了大量坦克和步兵准备发动新一轮的攻击。

炮兵第九团抓住机会，乘敌人立足未稳，立即开炮，美军顿时乱成一团，伤亡惨重。

但是，美军还是不甘心失败，调整部署后又一次发

动进攻。

赵梗通过观察孔发现：美军编成疏散的队形，汽车三五成群地分别向前跃进，把步兵运载到角屹峰脚下。这里正处于第八十六团前沿警戒阵地的前面，位置非常隐蔽。美军企图以此为新的进攻出发地，出其不意地发动进攻。

赵梗迅速命令：趁美军下车集结之际开炮。

美军士兵刚从汽车上跳了下来，还没有站稳脚跟，志愿军的炮弹就像长了眼睛一样飞到了美军士兵跟前。第八十六团也趁势发起了猛烈反击。

美军的进攻又一次受挫。

6 月3 日，美军第三师集中兵力，向角屹峰发起了冲击。

角屹峰是一个制高点，居高临下。控制了角屹峰，就可以控制住旁边的公路，从而可以左右战场局势。

这一次，美军的进攻更加猛烈，整个山谷都被炮火映得通红通红。

炮兵第九团全体指战员勇敢战斗，机智沉着地打击美军。为了保证指挥联络的畅通，电话兵们频繁穿行在炮火硝烟中，查线路，修线路。

有一个战士倒在美军的炮火下，后面的战士就勇敢地冲上来，继续完成任务。

战士余仲篪是一个共青团员，在接线时不幸被美军炮火击中，鲜血直流，身受重伤。但他仍坚持战斗，直到流尽了最后一滴血。他牺牲的时候，双手还紧紧地握着线头。

一连一炮长邵振家面对美军疯狂的炮轰，沉着指挥。他命令全班同志进入掩蔽部坚持战斗，自己一个人留在外面监护火炮和前车的安全。

突然，美军一颗炮弹击中了他，邵振家当场牺牲。

美军的炮弹击中了三连一炮的前车，大火熊熊燃烧起来。此时，车里面装着大量易燃物品，炮弹随时可能爆炸，后果不堪设想。

危急关头，炮手周满堂、蔡国忠迅速扯下车上着了火的伪装网和篷布，扔进沟里填土掩埋。

美军发现了他俩的行动，接连射来几发炮弹。炮弹爆炸卷起的泥土把周满堂和蔡国忠的身体都盖住了。

他们从泥土中爬出来，不顾个人安危，在敌人的枪林弹雨中继续扑灭火炮前车上的火，火被扑灭了，避免了一场大的灾难。

第八十六团指战员也在勇猛抗击着美军的进攻。

美军以两个营的兵力向六连阵地发起了猛攻。此时六连由于连续作战，大部分人员都牺牲了，只剩下了11个人继续坚守在阵地上。

由于敌众我寡，美军最后冲上了角屹峰阵地。

第八十六团随即组织反击。团长王芳命令反击分队："角屹峰一定要夺回来！阵地上所有的人，包括干部和勤杂人员，统统拿起枪来，乘我炮兵群猛轰的时候，坚决

地把敌人拼下去!”

赵梗也打电话告诉在角屹峰前沿观察所的谢参谋:“我们的步兵就要反击了，炮兵群马上进行火力突击，你们除作好射击效果观察外，也要拿起枪来，必要时加入步兵的冲锋行列。”

谢参谋响亮地回答:“是!”

18时30分，第十五军师、团两个炮兵群同时朝美军开火。在强大炮火的掩护下，第八十六团反击部队向美军发起了反击。经过激战，第八十六团重新夺回了角屹峰。

美军不甘心就这样失败，于6月4日再次对角屹峰发起攻击。

为了狠狠打掉美军的嚣张气焰，坚守住阵地，第八十六团团长王芳下定决心：亲自率领团预备队到前沿实施反冲击。

他紧紧握住赵梗的手，对他说:“伙计！就看你们的大炮帮忙了!”

赵梗连忙回答:“同舟共济！请放心，我们用400发炮弹，祝你成功。”

赵梗与师炮兵群领导在电话里交换了一下意见，决定师炮兵群火力着重压制美军预备队，炮兵第九团炮群火力着重轰击角屹峰前沿及峰岩顶部的美军，直接支援第八十六团实施反冲击。

第八十六团在师、团炮兵群强大火力的配合下，向美军攻了过去。一时间，炮火惊天动地，喊杀声响遍山谷。战士们如同下山猛虎一般，扑向美军。美军抵挡不住，纷纷溃退。

经过一个多小时的战斗，美军彻底败退，角屹峰上布满了美军的尸体和被击毁的坦克。

王芳从前方给赵梗打来电话，兴奋地说："伙计，角屹峰是属于我们的！它现在就在我的脚下！"

这样，第十五军在芝浦里地域顽强坚守了10天10夜，消灭"联合国军"6000多人，击毁坦克13辆，胜利完成了阻击任务。

战后，彭德怀专门表扬了第十五军。兵团通报表扬了第八十六团，并给该团二营记大功一次，给第一三四团记集体功一次。

二十军拼力保卫华川

抗美援朝战争的第五次战役第二阶段后，志愿军总部决定将参战兵团撤出战场，争取时间进行休整，仅以一部分兵力采取机动防御阻击敌人，掩护主力转移。

二十军也奉命北移休整。

这时美军利用我军进攻时粮弹接济不上，只能持续一个星期的规律，凭借其现代化装备的优势，集中4个军13个师的兵力，以飞机轰炸和远程炮火封锁我军行军途中的桥梁、渡口和公路隘口，以空降兵在我纵深内降落，袭扰堵截我后方，以摩托化步兵、炮兵和坦克组成“特遣队”，对我发起了闪击战。

“联合国军”主力乘隙插入我回撤行军的侧翼，企图割裂我东西线兵团，堵截我伤员及物资转移，使我军陷于被动、混乱。

当时二十军各级指挥机关均在转移途中，通信联络时常中断，不能有效地组织反击，形势万分险恶。

二十军在没有得到上级命令的情况下，果断停止后撤，就地转入防御。

当时部队兵员不足，建制不全，十分疲劳，既无炮兵支援，又无工事依托，也无可靠的粮弹保障。

五十八师师长讲：“美国佬要想冲过去，除非我们五十八师的人都打光了！”

政委说：“天塌下来也要顶住！”

他们立刻指挥各团迅速抢占华川湖两侧主要高地，抗击敌人，控制公路，掩护友邻部队北撤。

一七四团三连一排排长于泮宫指挥全排，抢占了华川城东侧的高地，挡住美军北犯。

1951 年 5 月 28 日，敌人以两个营的兵力向志愿军阵地发起了猛烈进攻。

一排坚守的 313 高地在整个防御阵地中处于比较重要的位置。时任一排排长的于泮宫决心在 313 高地打一个漂亮的阻击战。

拂晓，敌人以一个排的兵力向高地冲来。待美军离我军阵地不到 30 米时，于泮宫大吼一声：“打！”

阵地上各式枪支同时开火，子弹如雨点般射向敌人。

不久，阵地前横七竖八地躺满了敌人的尸体，其余的敌人狼狈地抱头鼠窜。

在打退了敌人第二次进攻之后，于泮宫命战斗组长潘景文带着新战士姜应义主动出击，奇袭敌人，吓得敌人半天不敢前进一步。

利用战斗间隙，于泮宫召开了党员会议，要求大家学习杨根思，人在阵地在。

入夜，于泮宫认真检查，他让战士们轮流休息，自己却时刻注视着山下的“联合国军”。他还多次派战斗小组夜袭敌人，扰得敌人整夜不得安宁。

29日晨，“联合国军”再次猛烈地炮击313高地。一排失掉了同连部及友军的一切联系，于泮宫的腿部也被敌人的流弹击伤，但他依然坚守着阵地，英勇战斗。

8时许，“联合国军”开始了第九次进攻，一排官兵拼死守卫着每一寸土地，敌人的进攻屡屡受阻。

不久，恼羞成怒的“联合国军”索性停止了进攻，只用飞机、大炮向313高地狂轰滥炸，企图炸垮一排铸成的钢铁长城。

但一排战士在于泮宫的带领下，又顽强地坚持了3个多小时。

此时，一排已经伤亡过半，阵地周围均已被敌人占领，313高地也失去了它原有的作用。于泮宫临危立断，决心带领大家突出重围。

30个小时后，于泮宫率领全排杀开血路冲出重围。

就这样，由于泮宫带领的31名战士在华川313高地阻击敌人长达30多个小时，毙伤“联合国军”150余人，打退了“联合国军”的13次进攻，为中国人民志愿军增添了光彩。

于泮宫再次被记一等功，并在1951年12月召开的二十军英模大会上，光荣地被评为志愿军一级英雄。他带领的一排，被命名为“特等功臣排”。军首长号召全军官兵学习他“服从组织、关心同志、敢于斗争、高度负责”的优良品质。

二十军在华川以北地区30公里的防御正面上，顽强奋战 50 余天，抗击并遏制了敌人地面和空中的猖狂进攻，有力地掩护了兄弟部队的后撤，取得了打死打伤俘虏“联合国军”2.1 万人的重大胜利。

华川阻击战，开创了我军历史上由被动转入主动，在野战阵地防御条件下以少胜多的典范。

志愿军司令员彭德怀同志称赞道：

> 这个部队能打硬仗、恶仗，能突击又能顾全大局，是一支作风很硬的好部队。

精心策划铁原阻击战

根据志愿军司令部的部署，志愿军六十三、六十四军和人民军一军团分左中右三路，向渭川里、涟川以北地区转移；六十五军执行阻击任务。

志愿军司令部特别强调要他们在议政府、清平川地区阻击敌人15至20天，确保涟川、铁原一线的安全和兄弟部队的行动。

涟川、铁原一线是朝鲜西部地区的重要交通线，既有公路又有铁路，而铁原又是我屯集物资的主要供应站。一旦被“联合国军”占领，就割裂了我东西线的联系，直接影响全军的转移。

六十五军阻击“联合国军”4天之后突然向兵团报告：由于敌集中几倍于我们的兵力，另配以空军、坦克、炮兵连续不停地突击，部队伤亡极大，有的阵地已经丢失，有的部队被迫后撤二三十公里至汉滩川以北地区。这是一个有可能危及整个战役的极为严重的情况。

指挥部除命令六十五军克服一切困难，严格按志愿军司令部要求打好阻击外，立即调六十三军火速赶去支援。同时，把这个安排报告了彭总，彭总表示同意，并再次强调一定要按时完成阻击任务。

六十三军接受任务后，傅崇碧军长亲自赶到军的第一梯队，实行前沿指挥。他们首先在纵深20公里、正面25公里的地域构筑了临时野战工事，为阻止“联合国军”前进打下了基础。

六十三军完成阻击任务的决心很大，但他们面临的困难也很多。部队突破临津江以来已经连续作战一个多月，除了武器装备、给养供应上的严重不足，战斗和非战斗减员也相当严重。战斗中部队减员本来是很正常的。可是国内作战可以随打随补，在朝鲜却基本上没有可能。

在他们防御的正面，当时有范弗里特指挥的4个师4.7万余人，平均每公里地段就有700多人；而六十三军全军仅有2.4万余人，平均每公里地段上只有370多人。

武器装备方面，敌人当时有各种火炮1300多门，坦克180余辆，且有空军支援；而六十三军全军包括六〇炮在内仅240余门，既无坦克也无飞机。

也就是说，六十三军要把装备占明显优势、兵力多已近一倍的“联合国军”阻止在自己面前，使他们不能前进一步。阻击的时间不是一天、两天，而是10至15天。这是彭德怀的命令。

军令如山，这里没有半点商量的余地。

处于第一线的傅崇碧军长、龙道权政委等六十三军的领导更了解形势的严峻。部队一开上去就进入了战斗，各种准备工作只能在战斗中进行。在军指挥所很难找到军的领导，他们向上级汇报也多是在师、团指挥所，有时甚至在前沿阵地上，可见情况之紧张。

六十三军很快完成阻击任务的各种安排的实施计划报告。

报告指出，在兵力部署上，采取纵深梯次和少摆兵多屯兵的方法，并以多个战斗小组去前沿与“联合国军”进行纠缠，使“联合国军”不能过早迫近我主阵地；在火力组织上，充分发挥各种火炮和短兵火器的威力；在战术运用上，采取正面抗击与侧翼反击相结合，并在夜晚派出小部队袭扰“联合国军”等等。

兵团认为这是一个简洁明确、措施得力、符合实际情况的报告。

这说明志愿军的指挥员入朝以来，特别是经过战役第一阶段的锻炼，在指挥艺术上，在适应新环境、新条件、新的作战对象等方面，都有了很大的提高。仗是越打越大，指挥却是越来越细了。

第十九兵团在研究这个报告的时候，司令员郑维山说：“傅崇碧他们没有提出什么困难呀！”郑维山是担心他们对困难估计不足而吃亏，但杨得志想的是傅崇碧他们是有意地回避困难了，因为他们了解兵团的情况，所以杨得志说：“这是个问题，我们要主动问他们一下。”

李志民说：“分头去问。要问得具体，解决得具体。”

政治工作方面，就由杨得志亲自过问了。目前的关键是面对“联合国军”的进攻，志愿军怎么样从思想上顶得住，因为历来打仗都是出击容易固守难。

郑维山想了想又说：“后勤方面的问题还是很多的。

我们组织了一些运输小分队，也要求军里组织一些小分队。后勤工作单依靠谁也不行，要大家一起干才行。”

这个时期，兵团后勤部已经撤销了。后勤部机关大部分同志充实到志愿军后勤司令部和新成立的后勤几个分部中去了。

后勤供应实行了由分部分片包干的办法，十九兵团的供应由三分部负责。杨得志建议给分部的同志打个电话，让他们了解十九兵团的任务和后勤方面的困难很有必要。

李志民开玩笑似地说：“我来找他们，五次战役开始之前彭总就讲了嘛：‘这次仗打胜了，全体指战员的功劳算一半，后勤算一半。’这一半的功劳是那么轻松得到的吗？我对大家说：六十三军最大的困难，我看还是兵力不足。我们能在这方面给他们一些帮助是最实际的了。我想从兵团直属队里抽些人出来给他们，你们看怎么样？”大家都同意了。

通过电话，杨得志在一八九师的阵地上找到了傅崇碧，当杨得志问及他有什么困难时，傅崇碧笑了。

他说：“困难是一大堆呀！但是军领导研究过了，大家一致的意见是一条也不提。”

杨得志说：“你说一条也不提，可是提了一大堆。我们研究了，决定从兵团直属队里抽500人给你们！”

傅崇碧好一会儿没有讲话。

“你听到我的话了吗？”杨得志说，“给你们500人，

我告诉他们了，要尽可能多抽一些有战斗经验的老兵给你们。”傅崇碧显得有些激动了。

他几乎是喊着说：“我们马上把兵团的这个决定传达到每一个战士！”

杨得志又问：“还有些什么问题吗？”

傅崇碧说：“我们的压力本来就很大，这样一来……请首长们放心吧，我们和六十五军的同志共同努力，决不让范弗里特前进一步！”

那些天，不仅在十九兵团指挥部，就连彭德怀也无时无刻不在关注着六十三军的这个方向。

他们都知道，大部队的正面顽强阻击后边，是更大的战略性的行动。阻击者的胜利便是这更大的战略性行动成功的关键；阻击者的失利，那个更大的战略行动只能是计划中的泡影。

傅崇碧说他们有压力，其实这压力对最高指挥员来说也是很大的。

不让敌军前进一步

范弗里特指挥的美李军以部分兵力对我方阵地进行了一整天的试探性进攻后，转入了全面的进攻。

他们依仗强大炮火的支援和坦克群的掩护，逐次增加兵力，实行多方面、多梯次的轮番冲击。

志愿军部队打得很苦。有的阵地被敌人攻占后又被志愿军收复，敌人再占，志愿军再次夺取。一天之内有好几次的反复。真是寸土必争，寸土不让。

战斗异常激烈。志愿军一八九师在这样的情况下坚持了三天三夜，基本阵地虽牢牢掌握在他们手里，但有些阵地被敌人攻破，有些团队伤亡很大，有的营连基本上丧失了战斗力，形势相当严峻。

傅崇碧、龙道权决定一八九师转入第二梯队，由原第二梯队一八八师接替他们的防区。

杨得志告诉傅崇碧说："你们的任务是防御阻击，而不是固守某一阵地，应当允许部队有失有得，失而复得，得而复失，关键是在总体上顶住敌人。要爱护战士，爱惜战士，尽可能地保存战斗力。"

傅崇碧说："杨司令员，我们明白，你就放心吧！"此时，傅崇碧患了痢疾，肚子疼得厉害，走不了路，他就索性躺在担架上指挥。

一八八师三五八团八连连长郭恩志，河北人，说话是任丘一带的口音。八连已经在阵地上阻击美军整整两天了，八连战士只能在战斗的间隙倒在地上，躺在泥水里稍微休息一下，郭恩志感到非常难过。连队连续打了40天的仗，铁打的人也快顶不住了。

“唱！唱个歌什么的！”

没有人唱。

6月6日，郭恩志灵巧地运用阵地上的地形地物，带领连队连续打退了美军骑兵一师两个连的攻击，虽然出现伤亡，但是阵地还在。

黄昏的时候，他从士兵们疲惫不堪的神色上想到了美军的士兵。那些士兵不是也连续进攻了这么多天了嘛，于是他派三排长带一个小组摸到美军宿营地进行骚扰，战斗小组扔了一通手榴弹，打死几个美国兵，还缴获了几支美国枪。

团长说：“这就对了！不管用什么办法，消灭敌人，保存自己，坚守阵地，就是好样的！”

7日，一大早郭恩志就觉得不对劲了，阵地下的树林中人影乱晃，前边的公路上开来一串坦克，坦克后面是一眼望不到边的黑压压的步兵。

郭恩志赶快把三排的兵力加强给一、二排，刚布置好，美军就开始攻击了。美军的第一轮攻击很快就被他们打退了。

一个战士说：“连长！你听，美国鬼子在说中国话！”

美军中有人用汉语喊叫，意思是攻不上去就不攻了，用炮火把这个山头轰平了算了。

刚要命令大家钻防炮洞，郭恩志心里突然一动：敌人干吗大喊大叫的？不对，肯定不对！

他命令各排立即进入阵地。

果然，美军根本没有开炮，又以一个营的兵力偷偷地上来了！

几倍于八连的美军攻击的决心十分顽强。坦克开了炮，飞机接着也飞来了，八连阵地上顿时硝烟弥漫。

一排阵地上，机枪手王森茂连枪带人一起被炮弹炸起的泥土埋了起来，40 多名美军呼喊着蜂拥而上。王森茂从泥土中挣扎出来，美军几乎已经到了他的面前，他站起来，端起机枪猛烈扫射，美军像割麦子一样倒下去了。

二排的阵地上已经爬上来 20 多个美国兵，四班已经负伤的冯贺一条裤腿被血浸透，他的弹药手已经牺牲在了他的身边，他抓起身边的步枪就打，直到面前的美军士兵逃得无影无踪了，他还在疯狂地射击。

郭恩志站在阵地的最高处，始终大声喊叫着，鼓励着他的士兵，他同时还想以此告诉他的士兵们，连长还活着。

最终，阵地上站满了美军士兵，志愿军战士被逼到了悬崖的边上。

这时，郭恩志听见一排长喊：“同志们！我们还有五

万发子弹，争取一枪打一个！”

这个暗语是说，全连的子弹仅剩50发了。

阵地的后面也响起了激烈的枪声，八连被前后包围了。

郭恩志知道这是他的连队最后光荣的时刻了。战士们几乎同时举起了石头。这些巨大的石块他们本已经举不起来了，但是现在人人都能把它高举过头顶，并且扔向美军。

很快，阵地上的石头也没有了，士兵们把刺刀上好，聚集在一起，准备肉搏战。

突然，阵地的四周安静下来，美军士兵们停止不动了。从八连阵地往四周看，下面是密密麻麻的绿色钢盔。由于阵地上连石头都投不下来了，美军士兵们认为这里的中国士兵已经必死无疑了。于是，他们兴奋地叫喊，甚至还唱起歌来。

让决死的热血涨红了脸的郭恩志对身边的士兵们说："同志们，咱们也唱！”

“我们是人民的好战士，我们在战斗中成长，只要战斗打响，我们就打个歼灭战……”志愿军战士的歌声令美军士兵愣住了。

突然，旁边九连阵地上响起了密集的枪声，美军立刻出现了慌乱。就在这一刻，随着郭恩志的一声呐喊，他第一个从悬崖上纵身跳了下去！紧接着，八连还活着的士兵跟随着他，纷纷跳下悬崖。

悬崖下的美军被这突然出现的情景吓呆了，正不知所措，八连全连所剩的唯一一颗反坦克手雷被三班长扔向了美军。爆炸声未息，志愿军战士们齐声喊杀，向炸开的缺口冲去！

天黑以后，当郭恩志带领他的士兵们回到营指挥所的时候，营长兴奋至极："你们以一个连的兵力在美军的大规模进攻面前顽强阻击了两天，团长说要给你们请功！"

第十九兵团的指挥官们不得不为前沿每一个阵地的反复得失而焦虑不安。在美军不断施加的压力面前，一八八师的阻击线在不断地后退。虽然每退一步，都是经过批准的，为的是更多地消灭敌人，为的是争取更多的时间。

但是，毕竟可供机动防御的纵深并不大。这里的阵地都是高山断崖，阵地在转移的时候，已经出现多次战士跳崖的情况了，这说明坚守阵地的战士们已在最大限度地延迟阻滞着美军，他们不到最后的悬崖边上决不放弃与美军战斗。

战斗进行到第五天，刚进入阵地不久的一八八师五六三团一营一连二排，打退了敌人一个营的两次进攻后，被敌人的两个营三面包围于一座孤立的高山之上。

一营和他们的二排，在解放战争中曾分别获得过钢铁营和特功排的光荣称号。二排被围，牵动着团、师、军以及兵团领导的心。

后来，二排与各级领导失去了联络。参谋李大权告诉杨得志：从五六三团和二排的最后一次通话中知道，当时二排只有8个人了，最高领导是副排长李秉群。

时至午夜，二排坚守的阵地上仍然有火光，有枪声，这说明志愿军的8位勇士仍在战斗，阵地还在他们的手里。

这一夜一直下雨，淅淅沥沥的。雨声敲击着各级指挥员的心。他们都在惦念着那8位战士。派去为他们解围的部队，因下雨路滑和敌人的严密封锁，几次都没能靠得上去。

拂晓，雨停了。前面传来的报告说，二排坚守的阵地上枪声也停了。他们的阵地前躺满了美军的尸体，美军的两个营撤退了，但是阵地上也没有我们战士的踪影了。8个人抗击敌军两个营的进攻，并且把他们打退了，这应该说是个奇迹。

但我们的战士呢？我们的英雄呢？天亮后，8位勇士中一位负伤的班长，带着两位负伤的战士赶回了六十三军。

一夜之间敌人进攻的次数已经无法计算，他们只记得每次进攻之前，都有20分钟至半个小时的炮击。炮弹像冰雹一样不断地落在阵地上，战士们头都抬不起来。美军曾经冲上过阵地来，但都被他们打了下去。

午夜过后，他们8个人总共有15发子弹，敌人冲了上来，他们靠着刺刀、枪托、木棒与敌人搏斗。

到后来子弹也没有了，只剩下了几颗手榴弹，而美军的攻势一点也没有减。

副排长李秉群对战士们说："情况大家都清楚。我们在美军三面包围之中，我们8个人要突围出去没有可能；要打，我们没有子弹；要和美军面对面地拼，他们人太多，搞不好我们会成为俘虏。我们是'钢铁营'、'特功排'的战士，不能给英雄连队抹黑，更不能给伟大祖国丢脸，要让美军知道中国人是硬骨头，志愿军战士是钢铁汉。我提议我们跳崖！死也不能当俘虏！"

7位战士都同意李秉群的提议。他们又一次挫败敌人的进攻后，李秉群决定留一位党员班长带两个战士作掩护，他带4名战士跳崖。后来回到部队的3个战士都是跳崖受伤后被部队找回来的。

六十三军还曾派人去寻找李秉群等战士，但是没有找到。那悬崖有16米多深，估计已经牺牲了。

志愿军政治部主任要求他们继续寻找，他还很激动地说：

> 告诉六十三军政治部，要他们把8位同志的名字报来，要把他们的事迹整理出来。军里、兵团都要很好地表扬他们，要给这些同志记功！

名单很快报上来了，这8位同志是：

李秉群、翟国灵、罗俊成、侯天佑、贺成玉、崔学

才、张学昌和孟庆修。

五六三团一营二排打得好，这个团三营八连打得也漂亮。

他们灵活地使用兵力，机智地运用战术，以英勇顽强、坚韧不拔的战斗精神连续奋战4昼夜，以伤亡16人的代价，毙伤敌军800余人，打退敌军15次大规模的进攻，守住了阵地。

战后，他们获得了特功第八连的称号，该连连长郭恩志获得了一级战斗英雄、特等功臣的光荣称号。

孤胆英雄独战坦克

1951年5月下旬，第五次战役后期，以美国为首的“联合国军”利用志愿军前突太猛，战线延伸太长的机会，出动大批机械化部队，猖狂北犯，企图与一支已突破志愿军北汉江防线的摩托化部队会合，以斩断江南志愿军后撤之路。

在东京，李奇微骄横地向记者宣称，他正在创造一个类似于他的前任麦克阿瑟曾经创造的“仁川登陆”似的辉煌战例，而这一次吃亏的，不是北朝鲜人，而是中国人。

战局的确已经到了万分危急的地步。尚在北汉江以南的我军大部队、机关、后勤奉命火速北撤，以免被敌军截断。

敌人飞机疯狂轰炸，江面上无法搭桥，人多舟少，战士们只好就地砍伐树木，用绳子连成长串横置江面，会水的游向北岸，不会水的则抱着圆木，“爬”过北汉江。

为确保南岸我军安全渡江，谭秉云所在的中国人民志愿军二十七军某部从东线星夜疾进，赶到金化东南40公里处的390高地，紧急构筑工事，以阻击进犯之敌。他们的任务简单而明白：不惜一切代价，为大部队安全

过江争取更多的时间。

5月24日这天傍晚，班长谭秉云带着新战士毛和在390高地下面的公路旁边挖好了散兵坑。这地形是谭秉云精心选择的，这一段公路很窄，一边是小河，另一边是山岩。

河岸和岩壁都很陡峭，打坏敌军一辆坦克，其余的坦克很容易被堵塞。作为一班之长，谭秉云深知这次阻击任务的重大意义。

赶到390高地后，他立刻带领全班战士到指定地点构筑工事。

稍后，他又把其余战士留在山腰上的战壕里打掩护，自己则带着毛和下了公路。谭秉云警惕地注视着公路尽头的动静。

只见远处的天幕上，掠动着一道道光柱。不一会儿，随着光柱越来越近，轰响声也越来越大。有一道光柱穿过前面的一片树林，射到了隐蔽着千军万马的390高地上，再从高地移向河面，又突然移到了谭秉云藏身的地方。

幸亏他早已用树枝将自己隐蔽好，敌人看不见他。从树叶的缝隙望出去，光柱一道连着一道，数不清有多少，在公路上不停地晃动，一个个庞然大物从远处疾驰而来。

离远看，尘土冲天的公路上仿佛扭动着一条巨大的铁锁链，把那一道道光柱也染成了橙黄色。

"班长，看清了吗？有多少辆坦克？"新战士毛和紧张地问。

"还看不清楚，"谭秉云从腰间取下一个手雷递给毛和说道，"我先上，你在这儿。"这时，从轰隆的引擎声已经分辨得出履带的铿锵声，车上的光柱还直直地射到了隐蔽着班里战友的半山腰上。谭秉云离开用树枝遮挡着的散兵坑，顺着灌木丛向前爬去。坦克越来越近了。

谭秉云虽然是个参加过解放战争的老兵，但打坦克毕竟是生平第一次，心中也不免有些紧张。

坦克离他不到20米了，他一动不动；15米了，他直起身单腿跪地，右手紧握着手雷，左手食指套在插圈里，继续耐心地等待着。

坦克每前进一米，毛和与山腰上的战友们心里就揪紧几分。

5米，3米，终于，战友们看见谭秉云手一扬，手雷疾速飞出，成弧线向当头的坦克砸去。

"轰！"随着震天动地的一声巨响，一团滚烫的气流猛扑到谭秉云脸上。

他定睛一看，吃了他一手雷的坦克并没有被打"死"，只是前灯被炸烂了，它正一边胡乱地打炮，一边继续往前爬，很快便从谭秉云面前驶过去了。

谭秉云这一下急了，放它过去，万万不能！他不顾生命危险冲上公路，甩开大步猛追坦克，对准它的屁股扔出了第二颗手雷。

他还没来得及卧倒，猛烈的爆炸声中，一块弹片击中了他的额头。眼前一黑，他便昏昏沉沉地倒在了公路上。

“班长！班长！”毛和飞跑上公路，抱住谭秉云大声叫喊。

谭秉云的眼前都是额头上流下的鲜血，热乎乎的，什么也看不见。

他用衣袖擦着眼睛、额头，焦急地问：“坦克呢？坦克呢？”

“完啦，坦克已经报销了！”一听这话，谭秉云才松了口气。

毛和掏出急救包，拿着绷带就往谭秉云头上缠。这时，一串炮弹在他们身边炸开。谭秉云一把推开毛和，急声叫道：“快，快打第二辆！打，打！”

他提着枪摇摇晃晃地奔下公路，沿着路边的小沟，向迎面逼近的第二辆坦克冲去。这一动弹，鲜血又从扎紧的绷带里渗了出来，顺着脸颊流淌。

谭秉云顾不得抹一下血，靠着还能看见的右眼，将最后一颗手雷向坦克掷去，眼前霎时升腾起一团巨大的烟火，坦克“吱”地嘶叫了一声，骤然停下了，但马达还在轰隆隆地响着，炮口还在喷吐着火光。

谭秉云一个翻身滚到公路上，端起自动步枪向着坦克扫射。他知道此时自己只有主动吸引敌人的火力，毛和才有机会靠上前去将坦克收拾掉。

果然，敌人转动炮塔，炮弹、机关枪子弹一齐向谭秉云打来。

趁这个时候，毛和绕到坦克后面扔出手雷，将坦克炸毁。

谭秉云跑上公路，看见后面的一长串坦克正拼命倒车逃跑。

这时，毛和突然惊叫起来："班长，人！人！"

谭秉云蓦地回头，看见从已被炸毁的第二辆坦克顶部钻出来一个美国兵。

这家伙真是奇怪，双手下垂，脑袋耷拉在胸前，身子却还在蠕动。

谭秉云一眼便识破了敌人的障眼法，这分明是坦克里的美军顶出来的一具死尸。

谭秉云没等尸体落下来，便一把抓住坦克上的凹形铁环登了上去。尸体刚从他身边滑落下来，他端起自动步枪，顺着炮塔顶上的天门盖往里送进去，"嗒嗒嗒嗒"便是一梭子。坦克里发出几声哀号，随后便什么也听不见了。

谭秉云站在坦克上向南望去，美军的其他坦克已经跑得老远了。

他回到散兵坑里，一屁股坐了下去。这时，才感觉到脑袋重得像磨盘，里面好像有无数的蚂蚁在爬，在咬，伸手抹抹脸，满手是黏稠的血。绷带已经没有了，什么时候掉的，他全然不知。

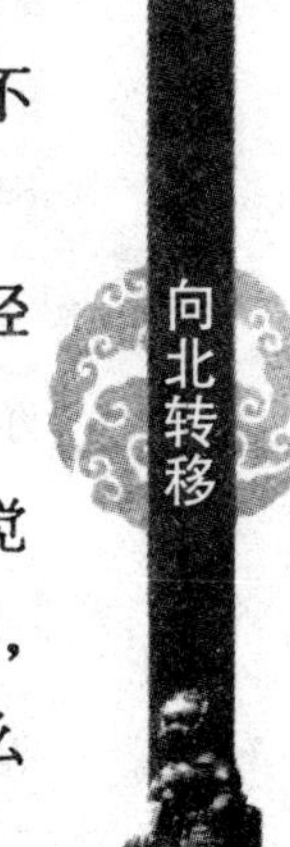

毛和单腿跪地，再一次将班长头上的伤口包扎好。

天已经放亮了，一轮红日从高高的雪岳山后露出脸来。美机开始对390高地进行狂轰滥炸，山头上碎石泥块飞溅，浓浓的硝烟尘土铺天盖地笼罩了公路。

毛和已经被谭秉云派回去要手雷了，这段与敌人最近的公路上只有谭秉云一个人。

这时，一辆吉普车从北面疾驰而来，吉普车不断地鸣着喇叭，好像是叫喊被谭秉云打“死”的坦克让开道。

谭秉云见车身上涂着醒目的白星徽，驾驶员穿着暗绿色的美军制服，戴着钢盔，估计这一定是前两天突破我军防线的“联合国军”，企图与这支进攻的装甲部队联络。

他睁着一只露在绷带外面的眼睛，端起自动步枪，瞄准汽车狠狠地打了一个“快放”。方向盘前面的玻璃碎了，驾驶员猛地歪倒在座位上。

刚才汽车不断地鸣喇叭，倒把谭秉云提醒了，眼下这段公路已经被堵塞住了，其余的坦克不会轻易进到这里，要收拾它们，必须到前面去截击。

于是，他走上公路，向南而去。走了大约100多米，他看中了路边一处地形。

这里，一边是山岩，一边是陡坡，陡坡接近路面的地方长着密密簇簇的野葡萄，躲在葡萄丛后，既能隐蔽，又能观察到南面公路上的动静。

他满意地点了点头，又转身回到了原来的散兵坑。

正巧，毛和带着手雷回来了。

不一会儿，排长也从阵地上下来，隔着老远便大声嚷："谭秉云，毛和说你挂彩了，你快下去，我派别人来换你。"

"不碍事的，我能坚持。排长，我已经打出窍门来了，手雷往屁股上砸，没一个瞎的。"

"不行，谭秉云，我看你伤得不轻，还是快下去。"

排长见谭秉云头上的绷带血糊糊的，很替他担心。

谭秉云对毛和发脾气："你这小家伙，我叫你去领手雷，怎么告我的状？"

毛和也劝他："班长，你下去吧，打坦克包在我们身上好了。"

"你们这是咋搞起的嘛？我不就擦破了一点皮，有啥子关系？"谭秉云使劲摇晃了一下脑袋，表示他伤得真的不重。

排长见谭秉云执意不下火线，只好勉强地点点头，叮嘱他几句，便往阵地上去了。

排长一走，谭秉云对毛和说："我到前边去埋伏，你留在这里警戒北边。"

毛和往北一看，叫道："班长，怎么又多了辆汽车？"

谭秉云说："你叫啥子，那是辆死东西。"

没有掩体，没有堑壕，没有一门火炮支援，谭秉云趴在野葡萄丛里，双眼注视着公路前方。

他一个人，一支枪，3 颗手雷，将要对付的是美军的重坦克群！这绝对是让人难以置信而又确凿无疑的事实。

谭秉云的心里很踏实，他估计敌人不容易发现他，即使被发现了，这里也是一个死角，炮弹、子弹打不着他，想用履带压他也不可能，坦克只要一离开公路，稍不小心，就会顺着陡坡滚下河去。

他感到很困很饿，便拧开水壶，从挎包里掏出一块压缩饼干吃了起来。

此时，偌大的战场上出现了暂时的平静，硝烟早已散去，太阳斜挂在空中，天空蓝蓝的。睡意阵阵袭来，扰得他上下眼皮直打架，要能闭上眼睡他一觉就好了。

他以顽强的毅力同伤痛、疲乏进行着斗争，使自己的意识始终保持着高度的警醒。敌军的坦克却迟迟没有动静。

太阳升高了，天气异常闷热。谭秉云解开风纪扣，摘下一片野葡萄叶扇着脸。忽然，路面开始了颤抖。他激动起来，敌人终于来了！他丢下葡萄叶，将一颗手雷攥在手中。

不一会儿，一串坦克拉开10多米的距离，“嘎嘎啦啦”地碾了过来。炮声轰鸣，炮筒像伸出壳外的乌龟脖子，左右转动，喷射出一团团火光。

谭秉云扒开葡萄藤，爬到前面的公路边上，拔出手雷上的插销，将手雷向已经从他面前驰过的第一辆坦克的尾部掷去。

当手雷还在空中打滚的时候，谭秉云已经飞快地回到了葡萄丛中。随着天崩地裂的一声巨响，紧跟着山谷里骤然发出一长串鞭炮般的声响。

谭秉云探头望去，只见敌军的坦克浑身冒火，炮弹、子弹在肚子里“啪啪”地炸开了。公路上一片混乱，所有的坦克都拼命地倒车，大炮、机枪无目标地一阵乱射。

美军装甲部队北进的道路被谭秉云成功地堵住了，他那满是鲜血与灰尘的脸上浮现出骄傲的微笑。

一个月后，在志愿军英模大会上，二十七军军长紧握着他的手说：“谭秉云呀谭秉云，你这位孤胆英雄，是天下最大的救命菩萨呀！你把美二骑兵师堵住了 8 个钟头，我们的部队才得以安全地撤过北汉江啊！”

谭秉云的英雄故事，上了《人民日报》和《解放军报》，还被绘制成以志愿军英雄人物为主人翁的系列连环画，《反坦克英雄谭秉云》一书，在儿童中被广为传颂。

血战突出重围

5月22日夜，六十军发出撤退命令：

> 一八〇师附炮二师两个连，以一个步兵团北移汉江以北构筑阻击阵地，师主力置北汉江以南，掩护兵团主力北移及伤员转移，师作战地域为新延江、芝岩里、白积山、上海峰以南地区，并注意和右邻的六十三军的联系。

这天，一八〇师主力与美军陆战一师激战了一整天，主阵地反复易手。

5月23日凌晨，一八〇师收到撤退命令。

上午11时，一八〇师发现其右邻的友军六十三军已不告而撤。于是，师长郑其贵急电军部。

六十军军长韦杰电令：

> 注意派出部队掩护右翼，并准备于23日晚将北汉江以南部队，移至春川以西地区继续防御。

一八〇师派出两个连，占领原六十三军的防区。师主力开始北渡北汉江，向春川转移。

23日夜，三兵团急电：

> 由于运力缺乏，现战地伤员尚未运走，十二军5000名伤员全部未运；十五军除已运走外，现水泗洞附近尚有2000名不能行动之伤员；六十军也有1000余伤员，为此决定，各部暂不撤收，并于前沿构筑坚固工事阻击敌人，运走伤员之后再行撤收。望各军以此精神布置并告我们。

这显然是三兵团下达给各军的转运伤员任务，但六十军将兵团急电中“各部”误解为“六十军必须掩护全兵团的伤员转运”。

六十军5次电令一八〇师：

> 停止北撤，继续在北汉江以南掩护全兵团的伤员转运。江南部队应争取坚守5天时间。

当夜，一八〇师的左右友邻部队全线后撤，一八〇师孤军滞后。

三兵团兵团部与下属失去电台联系。

5月24日，一八〇师当面美七师、美二十四师、南朝鲜六师已发现一八〇师两翼空虚，迅速从三兵团和十九兵团的空隙穿过，渡过北汉江。

坚守城皇堂渡口的五四〇团炮营和一营三连在营教导员任振华的指挥下，坚持到最后一兵一弹，后来，任振华拉响最后一枚手雷，与“联合国军”同归于尽了。

“联合国军”控制北汉江渡口，一八〇师三面受敌。

下午，六十军电令一八〇师：

> **撤过北汉江，继续沿江布防。**

当夜，六十军军部撤离马迹山指挥所。

深夜，在有线和无线联络中断并在先后派出 12 名通信员都没能传达撤退命令之后，一八〇师参谋樊日华和朗东方亲自将撤退命令送到正在南岸坚守激战的五三八团和五三九团。

5 月 25 日凌晨，五三八团和五三九团靠着 3 根电线，带着伤员，偷渡过北汉江。

五三八团在上下芳洞、西上里以西，五三九团在明月里、九唇岱山地区，五四〇团在鸡冠山、北培山地区，组成防御线，掩护整个兵团北撤。

坚守九唇岱山的五三九团二营五连，在年仅 20 岁的指导员杨小来的指挥下，打垮敌军一个营，打死敌军 130 名士兵。在打完所有的弹药之后，全连指战员在白刃格斗中阵亡。

坚守鸡冠山的五四〇团一营三连、二营六连、三营八连九连的指战员在弹尽之后用刺刀英勇拼搏，流尽最后一滴血。

一八〇师粮尽，弹药不多，势态仍然滞后，三面受困于“联合国军”。

如果一八〇师不沿北汉江布防，而继续北上与一七九师并肩防御，即可迅速摆脱险境。

但从全局看问题，“联合国军”有可能趁机沿公路向北快速突击北撤的三兵团和十九兵团。

据此，六十军电令一八〇师：

> 军里决心不变，一定要完成兵团交给的掩护转移的任务！

下午5时，六十军军长韦杰发现了势态极不利于一八〇师，立即电令：

> 一八〇师以两个团迅速向北沿公路进至马坪里北侧占领有利地形阻击敌人，一个团沿山上路到驾德山阻击敌人，掩护伤员撤退。

师长郑其贵立即命令：

> 师直和师医院立即北移，五三八团为前卫，五三九团跟进，五四〇团坚守阵地掩护。

17 时 10 分，中断联络达 3 天的三兵团团部急电六十军：……一八〇师应以两个团在驾德山一线阻击敌人为宜……

当一八〇师五三八团收到师部转来的兵团的命令时，团队已在撤往马坪里的途中。

五三八团团长宠克昌与就近的五四〇团政委李楸召商量，结论是：

> 上级总的意图是向北转移，一八〇师已陷入不利处境，部队断粮几天，十分疲劳，调来调去更加疲劳，将可能陷入不拔。因此，主力应该继续北移。

一八〇师师部对五三八团和五四〇团的意见是：

> 按命令执行。

当一八〇师五三九团背抬着全师 300 多名重伤员冒雨行军到梧月里，接到师部命令时，已是 5 月 26 日的拂晓，细雨蒙蒙中，东方发白了。

命令是：部队停止前进，抢占梧月里要点布防。

5 月 26 日拂晓，五三八团反身南下，重新占领驾德山阵地。

此时，一八〇师左面的美七师已突破一七九师阵地，将一七九师和一八〇师分割，并深入一八〇师侧后，切断了一八〇师的退路。

在25日继续北撤，通过了马坪里的一八〇师的师机关、直属分队和没接到回防坚守命令的五三九团三营都脱离了险境。

忠实执行军部和兵团部命令的一八〇师主力，在芝岩里以南陷入了5倍于己的“联合国军”的重围。

一八〇师收到军部的命令：

> 固守待援。

一八〇师此时已无固守抗击“联合国军”5个满员师的弹药和兵源了。他们向军部提出了突围的请示。

16时30分，军长韦杰口述命令：

> 立即向一八〇师发报，他们决心突围是正确的，批准他们的突围计划，向西北方向突围到鹰峰集合！立即给一八一师发报，命令他们从华川附近出发，策应一八〇师突围！直接给一七九师五三六团发报，命令他们迅速占领马坪里向芝岩里出击，接应一八〇师！

政委袁子钦补充电文：

告诉一八○师放心，有部队接应，越过公路，马坪里以北鹰峰山下就是我军阵地，坚信他们一定能胜利突出重围！

与此同时，军首长发报给一八一师，令其立即从华川出发，沿公路两侧向芝岩里及其以西出击，令一七九师五三六团从马坪里向芝岩里出击，接应一八○师。

但遗憾的是，这个命令未能及时执行。

五三六团两个营被“联合国军”切断，未行出击。一八一师于21时30分才接到命令，又因师团电话中断，只能徒步传令，加上阴雨不断和驻地分散，直至27日2时30分至5时，部队才陆续出发。

6时至12时，一八一师先后到达论味里、场巨里、原川里地区，与北犯的“联合国军”接触。

下午，敌人先于一八一师占领华川及原川里一线，致使一八一师的接应计划没能实现。

但是，一八○师已于18时30分分两路突围了。

山上的五三八团、五四○团、师直为一路，由驾德山，经蒙德山，突向鹰峰。山下的五三九团为另一路，经纳实里、马场里、芳确屯，突往鹰峰。

此时乌云密布，骤雨如鞭。部队踏着泥泞的道路翻过几座小山，走过10多公里后，突至红碛里以东，进入了一道六七公里长的深沟。

这里是敌人的炮火封锁区，远程榴霰弹当空爆炸，一颗接一颗。部队的建制被打乱了，不少营连指挥员根本无法掌握部队。

五三八团前卫营冲出深沟过公路时，遭到排列在公路上的坦克和炮火的密集封锁。好几个连都在与敌人的厮杀中，全部壮烈牺牲了。

从山下突围的五三九团，在行动前，团长王至诚命令炮兵打掉了北面高地的“联合国军”，然后将团直和一、二营缩编成一个营。由营参谋长周复幸带领前卫连消灭了公路对面山梁上的“联合国军”，又用手雷击毁了公路上的4辆坦克。

5月27日拂晓，经过惨烈的战斗，一八〇师的两路突围队伍，突出包围，越过公路，抵达鹰峰山下。此时全师的指战员已不到2000人。

到达鹰峰之后，过了不到一个小时，从鹰峰主峰及其东南诸高地突然响起了激烈的枪声，一八〇师再次被美二十四师的部队合围于鹰峰山东南丛林中。

五三八团在团长宠克昌和参谋长胡景义的组织下，把全团班以上的共产党员集中起来，组成突击队，全部带上冲锋枪，攻上主峰东侧东台峰高地。

五三八团团长王至诚和政治处主任李全山集中全团能战斗的干部战士组成5个排，夺下了主峰。

27日下午，敌军的炮火从东、南、北三面猛轰鹰峰山一八〇师阵地，空中也不时有美军飞机向我俯冲而来。不久，东台峰又被“联合国军”占领。

郑其贵考虑到他们的任务是冲出重围，不能与“联合国军”恋战，便立即集合部队向北突围。

那时部队已疲劳至极，不少战士都躺在地上睡着了，没有料到晚上出发，所以只集中起来400多人。

因没有向导，仅靠朝鲜发给的20世纪30年代日本人印的军用地图行军，结果前卫连走错了方向，误入滩甘里，遭到“联合国军”阻击，部队只得往后退。

返回鹰峰时天已大亮，敌人已控制了鹰峰的所有山头和道路。

鹰峰周围山头上全部是“联合国军”，居高临下向我逼近，敌军的飞机和远程炮群用炮火控制了这块狭长的洼谷。同时还有“联合国军”劝降的喊话，加上连续8天无粮无草，外无援兵，不少人已经绝望了。

组织了几次突围，不但冲不出去，还增加了一些伤亡，团政委韩启明也身负重伤。大家多日水米不进，身体极度疲劳。

郑其贵率部队顺着沟沿小路朝史仓里方向前进。史仓里方向的枪声不断，他们认为是“联合国军”在阻击志愿军突围，于是他们又朝东北方向走过一片山林，爬上一座秃山，此时天已大黑。

前边是绝壁，挡住了去路。警卫连集中了一些背包绳，续接起来后放下去，人就沿着绳子下崖，一溜就是八九十米。中间绳子还断过几次，摔伤和压伤了50多人。滑下这个崖花费了两个多小时。

下崖后，部队200余人沿东西方向的深沟向东行，黎明前走到了沟口，雨也停了。前卫排同敌军的前哨班交火后，敌军就退了。

沟口不远处是条小河，正计划过河时，雾气中突然钻出了10多辆坦克向他们开炮，并左冲右闯，恣意追压他们。

郑其贵师长、段龙章副师长等在警卫员的扶架下，绕过敌人，冲入附近一片茂密的灌木丛，从那里过了小河。

走了三四里，又涉水过了一条大河。河岸旁埋伏着敌军的步兵，同警卫员对打起来。

在近战中美国兵打不过他们，他们很快占领了敌军的伏击阵地。郑其贵率部终于在6月1日突出了包围圈。

抗美援朝第五次战役从1951年4月22日开始至6月10日结束，历时50天，志愿军共消灭“联合国军”8.2万人。

英雄排圆满完成任务

1951 年 6 月 22 日傍晚，沈树根接到上级命令：“拿下鹫峰，固守一天。”

志愿军二十军六十师一七九团八连三排排长沈树根心里清楚，鹫峰之战的意义重大！

这时，美军组织强大兵力快速反击，意欲切断志愿军的退路，一旦后路被截，志愿军的伤亡会极其惨重，甚至影响到接下去的重要战役。

“不完成任务，绝不活着回来。”这是沈树根向上级立下的军令状。

接到任务后，沈树根立即将三排的 34 名战士分成七、八、九 3 个班，并布置了夜深后发起攻击，凌晨拿下鹫峰的作战方案。

他们的作战原则是：偷袭，不得强攻。三样东西死都不许离身：弹药、手臂上的白毛巾和用于联络的小喇叭。

因为敌众我寡，沈树根使出了当年打游击的战术。

行动开始不久，忽降大雨，对于当时还身着棉衣的战士们来说，天气恶劣到了极点。

可沈树根却暗自高兴，他认为雨天可以使敌人放松警惕。沈树根的猜测很快就得到了印证。

当他们摸到鹫峰922.4高地时，并没有发现“联合国军”。

“我们没放一枪就拿下了阵地。”沈树根高兴地对战士们说，“估计是因为下雨，天气奇冷无比，‘联合国军’怕被我军当成活靶子，躲到半山腰烤火去了！”

占领要地后，沈树根立即调兵遣将，七班战士被调到前方887高地固守，八班战士被调到922.4高地左翼进行防御。

在23日天亮前，三排战士全部就位。大家饿着肚子等候“联合国军”的袭击。

令他们感到奇怪的是，守了一天也没见到敌人的动静。按照要求，他们已经完成了上级交付的任务，准备到夜里就撤军了。

不料，白天的平静却预示着夜里将要开始的一场恶战。

傍晚时分，“联合国军”偷偷摸摸上来了。没想到他们开始向志愿军战士虚心学习了，这次战斗就是他们学以致用的结果。

沈树根后来回忆说：

> 按照敌人以往的打法，应该是先炮轰，再步兵冲，不料他们也是偷摸上来的。

当七班战士与“联合国军”近距离交火时，沈树根

率领3名战士悄悄绕到了敌军的身后，前后夹击敌人。“联合国军”被打得晕头转向，以为驻守在山上的军力非常强大。

之后，“联合国军”便以营为单位发起进攻，沈树根的整排人马都被包围在了922.4高地。

这时，沈树根充分显示了一个优秀指挥员过硬的军事素质。为了以少胜多，他给敌人制造了很多的假象，使敌人摸不清他们的实际兵力。

他的战术是兵力分散，火力集中，以一当十，严密组织火力，大量杀伤敌人。

在“联合国军”最后几次围攻时，沈树根带着战士们与“联合国军”拼起了刺刀。

八班班副曹光景为了节省弹药，在“联合国军”进攻的间歇，跳到死伤的“联合国军”群中，冒着随时可能被敌人伤员冷枪偷袭的危险，捡回枪支弹药。

九班班副的一条腿被炸飞后，放弃撤离，主动要求留下断后，掩护全排撤退，直到壮烈牺牲。

经过两天两夜的激烈战斗，沈树根他们超额完成了上级“固守一天”的任务，并成功地突围。

在这次战斗中，沈树根带领战士们不但守住了阵地，还以伤亡4人的代价，消灭了200多个美军。

战后，沈树根被记特等功，荣获一级英雄称号。

参考资料

《志愿军援朝纪实》李庆山著 中共党史出版社

《志愿军十虎将》宋国涛编著 中共党史出版社

《万岁军：38 军抗美援朝纪实》吴成槐主编 辽宁美术出版社

《我们打败侵略者》（上）孙忠同主编 北京长征出版社

《抗美援朝的故事》贺宜等著 启明书局

《抗美援朝战场日记》李刚著 解放军文艺出版社

《中国人民志愿军征战纪实》王树增著 解放军文艺出版社

《王平回忆录》王平著 解放军出版社

《抗美援朝纪实：朝鲜战争备忘录》胡海波著 黄河出版社

《血与火的较量：抗美援朝纪实》栾克超著 华艺出版社

《烽火岁月：抗美援朝回忆录》吴俊泉主编 长征出版社

《开国第一战：抗美援朝战争全景纪实》双石著 中共党史出版社

《志愿军将士朝鲜战场实录》林源森等主编 中国社

会科学出版社

《志愿军勇挫强敌的十大战役》姚有志 李庆山主编 沈阳白山出版社

《伟大的抗美援朝运动》中国人民抗美援朝总会宣传部编著 人民出版社

《我们见证真相：抗美援朝战争亲历者如是说》杨凤安 孟照辉 王天成主编 解放军出版社